壹本 ONE BOOK

赵丽宏 精读

心灵是一棵会开花的树

赵丽宏 著

浙江文艺出版社
Zhejiang Literature & Art Publishing House

目录

散文

顶碗少年 /003

不褪色的迷失 /006

亲婆 /012

童年笨事 /028

青鸟 /036

雨中 /043

山雨 /046

热爱生命 /048

老人和夕阳 /053

炊烟 /055

冰霜花 /059

蝈蝈 /063

066/ 望月

071/ 三峡船夫曲

077/ 晨昏诺日朗

082/ 与象共舞

085/ 鹰之死

092/ 周庄水韵

096/ 异乡的天籁

101/ 旷野的微光

106/ 小鸟，你飞向何方

113/ 躲进书里

121/ 诗魂

129/ 愿你的枝头长出真的叶子

135/ 致大雁

140/ 日晷之影

153/ 光阴

155/ 钱这个东西

历史　/158

居里夫人的伟大发现　/162

我们的国歌　/166

心灵是一棵会开花的树　/168

学步　/171

青春　/174

人生是一本书　/176

为你打开一扇门　/179

假如你想做一株腊梅　/183

诗歌

祖国啊……　/189

火光　/194

路灯　/196

跋涉者的沉思　/198

201/ 友谊

203/ 有过普希金铜像的花园

205/ 海上断想

207/ 黄河故道遐想

209/ 冬青

211/ 沉默

214/ 疼痛

216/ 一道光

散 文

人生是一场搏斗。敢于拼搏的人，才可能是命运的主人。在山穷水尽的绝境里，再搏一下，也许就能看到柳暗花明；在冰天雪地的严寒中，再搏一下，一定会迎来温暖的春天。

顶碗少年

有些偶然遇到的小事情，竟会难以忘怀，并且时时萦绕于心。因为，你也许能从中不断地得到启示，从中悟出一些人生的哲理。

这是二十多年前的事情了。有一次，我在上海大世界的露天剧场里看杂技表演，节目很精彩，场内座无虚席。坐在前几排的，全是来自异国的旅游者，优美的东方杂技，使他们入迷了。他们和中国观众一起，为每一个节目喝彩鼓掌。一位英俊的少年出场了。在轻松优雅的乐曲声里，只见他头上顶着高高的一摞金边红花白瓷碗，柔软而又自然地舒展着肢体，做出各种各样令人惊羡的动作，忽而卧倒，忽而跃起……碗，在他的头顶摇摇晃晃，却总是不掉下来。最后，是一组难度较大的动作——他骑在另一位演员身上，两个人一会儿站起,一会儿躺下,一会儿用各种姿态转动着身躯。站在别人晃动着的身体上,很难再保持平衡,他头顶上的碗,摇晃得厉害起来。在一个大幅度转身的刹那间,那一大摞碗突然从他头上掉了下来!这意想不到的失误,使所有的观众都惊呆了。有些青年大声吹起了口哨……

台上,却并没有慌乱。顶碗的少年歉疚地微笑着,不失风度地向观众鞠了一躬。一位姑娘走出来,扫起了地上的碎瓷片,然后又捧出一大摞碗,还是金边红花白瓷碗,十二只,一只不少。于是,音乐又响起来,碗又高高地顶到了少年头上,一切都要重新开始。少年很沉着,不慌不忙地重复着刚才的动作,依然是那么轻松优美,紧张不安的观众终于又陶醉在他的表演之中。到最后关头了,又是两个人叠在一起,又是一个接一个艰难的转身,碗,又在他头顶厉害地摇晃起来。观众们屏住气,目不转睛地盯着他头上的碗……眼看身体已经转过来了,几个性急的外国观众忍不住拍响了巴掌。那一摞碗却仿佛故意捣蛋,突然跳起摇摆舞来。少年急忙摆动脑袋保持平衡,可是来不及了。碗,又掉了下来……

场子里一片喧哗。台上,顶碗少年呆呆地站着,脸上全是汗珠,他有些不知所措了。还是那一位姑娘,走出来扫去了地上的碎瓷片。观众中有人在大声地喊:"行了,不要再来了,演下一个节目吧!"好多人附和着喊起来。一位矮小结实的白发老者从后台走到灯光下,他的手里,依然是一摞金边红花白瓷碗！他走到少年面前，脸上微笑着，并无责怪的神色。他把手中的碗交给少年，然后抚摩着少年的肩胛，轻轻摇撼了一下，嘴里低声说了一句什么。少年镇静下来，手捧着新碗，又深深地向观众们鞠了一躬。

音乐第三次奏响了！场子里静得没有一丝儿声息。有一些女观众，索性用手掌捂住了眼睛……

这真是一场惊心动魄的拼搏！当那摞碗又剧烈地晃动起来时，少年轻轻抖了一下脑袋，终于把碗稳住了。掌声，不约而同地从每个座位上爆发出来，汇成了一片暴风雨般的响声。

在以后的岁月里，不知怎的，我常常会想起这位顶碗少年，想起他那一夜的演出；而且每每想起，总会有一阵微微的激动。这位顶碗少年，当时年龄和我相仿。我想，他现在一定已是一位成熟的杂技艺术家了。我相信他不会在艰难曲折的人生和艺术之路上退却或者颓丧的。他是一个强者。当我迷惘、消沉，觉得前途渺茫的时候，那一摞金边红花白瓷碗坠地时的碎裂声，便会突然在我耳畔响起。

是的，人生是一场搏斗。敢于拼搏的人，才可能是命运的主人。在山穷水尽的绝境里，再搏一下，也许就能看到柳暗花明；在冰天雪地的严寒中，再搏一下，一定会迎来温暖的春天——这就是那位顶碗少年给我的启迪。

不褪色的迷失

日子在一天一天过去。逝去的岁月像从山间流失的溪水，一去不复返。回过头看一看，常常是云烟迷蒙，往事如同隐匿在雨雾中的树影，朦胧而又迷离。那么多的经历和故事搅和在一起，使记忆的屏幕变得一片模糊……

还好有一样东西改变了这种状况。它就像奇妙的魔术，不动声色地把逝去的岁月悄然拽回到你的眼前，使你情不自禁地感慨：哦，从前，原来是这样的！

这奇妙的魔术是什么呢？我的回答也许使你觉得平淡无奇，是摄影。

不过你不妨试一试，翻开你的影集，看看你从前的照片，看会产生什么感觉。如果你自己也是一个摄影爱好者，那么，看看自己从前亲手拍摄的各种各样的照片，又会有什么感想。

我的才八岁的儿子,一次看他刚出生不久的一张洗澡的照片时惊讶地大叫:"什么,我那时那么年轻!连衣服也不穿哪!哎呀,太不好意思啦!"

我一边为儿子的天真忍俊不禁,一边也有同感产生。是啊,我们都曾经那么年轻,那么天真。那些发了黄的旧照片,会帮我们找回童年时的种种感觉。

我儿时的照片留下的很少,就那么两三张。有一张一寸的报名照,是不到三岁时拍的。照片上的我,胖乎乎的脸,傻呵呵的表情,眼睛里流露出惊恐和疑问,还隐隐约约含着几分悲伤……看这张照片,使我很自然地回忆起儿时的一个故事。那是我最初的记忆之一。

那是我三岁的时候。有一次,跟父亲出门,在一条马路上走失在人群中。开始还不知道什么叫害怕,以为父亲会像往常一样,马上就出现在我的面前,将我抱起来,带回家中。然而我跌跌撞撞在马路上乱转了很久,终于发现父亲真的不见了。我惊慌的大叫引起很多行人的注意,数不清的陌生面孔团团地将我围住,很多不熟悉的声音问我很多相同的问题……然而我不愿意回答任何问题,因为我以为是父亲故意丢弃了我,我无法理解一向慈眉善目的父亲怎么会就这样把我扔在陌生人中间,自己一走了事。我以为我从此再也见不到自己的父母了,小小的心灵中充满了恐惧、悲哀和绝望。我一声不吭,也不流泪。被人抱着在街上转了几个小时之后,有人把我送到了公安局。一位年轻的女民警态度和善地安慰我,哄我,给我削苹果。另一位年轻的男民警在一边不停地打电话,听他在电话里说的话,我知道他是在帮我找爸爸。我在女民警的哄劝下吃了一个苹果,然而心里依然紧张不安。眼看天渐渐地暗下来,还没有父亲和家里的消息。我呆呆地望着窗外,恐惧和惊慌一阵又一阵向我袭来。尽管那位女民警不停地在安慰我"你别急,爸爸就要来了,他已经在路上了,过一会儿,你就能看见他了",但我不相信。我想,父亲大概真的不要我了,要不,他怎么天黑了还不来呢?

就在我惊恐难耐的时候,女民警突然对着门口粲然一笑,口中大叫道:"瞧,是谁来了?"我回头一看,只见父亲已经站在门口。

我永远也忘不了父亲当时的模样和表情。他那一向很注意修饰的头发乱蓬蓬的,脸似乎也消瘦了一圈。当我扑到父亲的怀抱里时,噙在眼眶里的泪水一下子夺眶而出,委屈、激动、欢喜和心酸交织在一起,化作了不可抑制的抽泣和眼泪。当我抬起头来看父亲的时候,不禁一愣:父亲的眼睛里,也噙满了泪水!在我的心目中,父亲是不会哭的,哭是属于小孩子的专利。父亲的泪水使我深深地受到了震动。父亲紧紧地抱住我,口中喃喃地、语无伦次地说着:"我在找你,我在找你,我找了你整整一天,找遍了全上海,你不知道,我是多么着急……"

此刻,在父亲的怀抱里,我先前曾产生过的怀疑和怨恨顷刻间烟消云散。我尽情地哭着,痛痛快快哭了个够。哭完之后,我才发现,那一男一女两位警察一直在旁边微笑着注视我们父子俩。这时,我又不好意思地笑了。那个男警察摸着我的脑袋,笑着打趣道:"一歇哭,一歇笑,两只眼睛开大炮……"这是当时的孩子人人都知道的一首儿歌。于是我们四个人一起笑起来……

从公安局出来,父亲紧拉着我的手走在灯光灿烂的大街上。他问我:"你想吃什么?我给你买。"我什么也不想吃,只想拉着父亲的手在街上默默地走,被父亲那双温暖的大手紧握着,是多么安全多么好。然而父亲还是给我买了一大包好吃的东西,让我一路走,一路吃。走着,走着,经过了一家照相馆,看着橱窗里的照片,我觉得很新鲜。长这么大,我还没有进照相馆拍过照呢。橱窗里的照片上,男女老少都在对着我开心地微笑。我想,照相一定是一件很有趣的事情。父亲见我对照片有兴趣,就提议道:"进去,给你照一张相吧!"面对着照相馆里刺眼的灯光,我的眼前什么也看不见,父亲又消失在幽暗之中,于是我情不自禁又想起了白天迷路后的孤独和恐惧。摄影师大喊:"笑一笑,笑一笑……"我却怎么也笑不出来。当快门响动的时候,我的脸上依然带着白天的表情。于是，就有了那张一寸的报名照。在这张小小的照片上，永远地留下了我三岁时的惊恐、困惑和悲伤。尽管这只是一场虚惊。看这张照片时，我很自然地会想起父亲，想起父亲为我们的走散和团聚而流下的焦灼、欢欣的泪水。父亲在找到我时那一瞬间的表情，是他留在我记忆中的最清晰最深刻的表情。从那一刻起，我知道了，父亲和孩子一样，也是会流泪的，这是多么温馨、多么美好的泪水啊……

照片上的我永远是童稚幼儿，可是岁月却已经无情地染白了我的鬓发。而我的父亲，今年八十三岁，已经老态龙钟了。从拍这张照片到现在，有四十年了。四十年中，发生了多少事情，时事沉浮，世态炎凉，悲欢离合……可四十年前的那一幕，在我的记忆中却是特别的清晰，特别的亲切，仿佛就在昨天，仿佛就在眼前。岁月的风沙无法掩埋儿时的这一段记忆。当我拿出照片，看着四十年前我的茫然失措的表情时，不禁哑然失笑。四十年的漫长时光在我凝视照片的一瞬间消失得无影无踪……哦，父亲，在我的记忆中，你是不会老的。看到这张照片，我就仿佛看见你正在用急匆匆的脚步，满街满城地转着找我……而我，什么时候离开过你的视线呢？

前些日子，我，我的妻子，还有我的九岁的儿子，陪着我高龄的父母来到西子湖畔。久居都市，接触大自然的机会越来越少,我想陪他们在湖光山色中散散心,也想在西湖边上为他们拍一些照片。在西湖边散步时,我向父亲说起了小时候迷路的事情,父亲皱着眉头想了好久,笑着说:"这么早的事情,你怎么还记得?"我说:"我怎么会忘记呢?永远也忘不了,你还记得吗?那时,你还流泪了呢!"

父亲凝视着烟雨迷蒙的西湖,久久没有说话。我发现,他的眼角里闪烁着亮晶晶的泪花……

亲　婆

　　人的记忆是一个魔匣，它可以无穷无尽地装入，却不会丢失。你不打开这个魔匣，记忆都安安分分地在里面待着，不会来打搅你，也不会溜走。可是，只要你一打开它，往事就会像流水，像风，像变幻不定的音乐，从里面流出来，涌出来，你无法阻挡它们。

　　这几天，我突然想起了我的亲婆。亲婆，是我父亲的母亲，也就是祖母。我们家乡的习惯，都把祖母叫作亲婆。

　　亲婆去世的时候，我刚过十岁。我和她相处，不过几年，而且是在尚未开蒙的幼年，可是，直到今天，将近四十年过去了，亲婆的形象在我的记忆中还是那么清晰。她挪动着一双小脚，晃动着一头白发，微笑着向我走过来，一如我童年时。

亲婆是个很普通的老人,她的一生中大概没有任何惊心动魄的事件,我记忆中的故事和场景,也都平平常常,但我却无法忘记它们。我想,人间的亲情,大概就是这样。

她头上有只猫

我六岁之前,亲婆住在乡下,在崇明岛。我和亲婆之间,隔着一条浩浩荡荡的长江,我觉得她离我很远。

五岁那年,我乘船到乡下去玩。第一次看到亲婆时,我吓了一跳。亲婆的头上,竟然有一只大花猫!那只花猫亲昵地蹲在亲婆的肩头,把两只前爪搭在亲婆的头顶上。那时,我怕猫,尤其是那种有着虎皮斑纹的花猫,它们看上去阴险而凶猛,当它们大睁着绿色的眼睛瞪着我看的时候,我觉得它们的脑子里有很多狡猾残酷的念头,它们把我当作了老鼠,随时会向我扑过来。趴在亲婆头顶上的就是这样一只花猫。这只凶猛的花猫竟不怕我的矮小瘦弱的老亲婆,这实在使我感到吃惊。亲婆看着我,笑着站起来,那只花猫便从她的肩头跳下来,弓着身冲我怪叫一声,消失在阴暗的屋角里。

开始时,我觉得亲婆不可亲近,原因就是那只可怕的花猫。亲婆亲热地伸手摸我的脸时,我本能地往后躲。我想,她喜欢和这么吓人的猫亲热,为什么还要来和我亲热,我甚至觉得她的脸也有点像猫。

亲婆问我:"你怕我?"

我点点头。

亲婆觉得很奇怪,又问:"你为什么怕我?"

我回答:"我看见猫爬在你头上。"

亲婆笑起来,她说:"哦,我的孙子不喜欢猫爬到他亲婆的头上。"

后来,我发现那只花猫其实一点也不凶,第二天,它就和我熟悉了,看见我,它不再躲开,还会用它那毛茸茸的身体蹭我的脚。

随着那只猫在我心目中形象的渐渐改变,亲婆也慢慢变得可亲起来。

一直使我感到奇怪的是,除了第一次见到亲婆,我以后再也没有见过那只花猫爬到她的头上。也许,亲婆知道我不喜欢看到那猫爬到她头上后,就再也不许猫在自己身上乱爬了。

她的小脚

亲婆年纪要比我大将近七十岁,她的脚却比我的还要小,这是多么奇怪的事情。亲婆的小脚,就是从前女人的那种"三寸金莲"。

那时,我在城里也看到过缠过足的老太太,人们把她们称作"小脚老太婆"。她们走路的样子很奇怪,尤其是疾步快跑的时候,摇摇摆摆,使人觉得她们随时会摔倒在地。我一直感到奇怪,老太太们的脚,怎么会这样小。对于我没有弄清楚的事情,我喜欢发问。现在,有了一个小脚的亲婆,我可以问个究竟了。"你的脚怎么这样小?"我问亲婆。

亲婆正坐着拣菜,我的问题使她有点不知所措。她不愿意解释,又不想被五岁的孙子问倒,就笑着敷衍说:"乡下的女人,生下来就是小脚。"

这样的回答显然很荒谬,因为,站在边上的乡下女孩,脚就比她的还大。

我不满意了,大喊起来:"亲婆骗人!亲婆骗人!"

见我这么喊,亲婆急了,她把我按到板凳上,开始告诉我,从前的女人怎样缠足。她甚至从箱子底下找出了一条长长的缠足布,比画给我看,当年的女人怎样缠足。

这个话题,对亲婆绝不是一个愉快的话题,但是为了满足我的好奇心,她不厌其烦地向我讲解着。

我问她缠足痛不痛。她皱了皱眉头,好像被人打了一下。

"痛不痛啊?"我追着问。

"痛。痛得差点要了我的命。"

"缠小脚又痛又难看,你为什么不把那布条扔掉呢?"我紧追不舍地问她。

"唉，"亲婆叹了口气，"那时我还是个小孩，是大人逼着这样做，没办法的。我偷偷把布条解开过，被打了一顿，布条又被绑上去，还绑得更紧，痛得我死去活来。做女人苦哇……"

我后来才知道，亲婆小时候是"童养媳"，吃了很多苦。回想我小时候这样追问亲婆，逼着她回忆痛苦的往事，真是有点残酷。

在药店门口

我回上海去的前一天，亲婆带我到镇上去。走过一家中药店时，她说要进去买一点好吃的给我带回去。我不喜欢药店，药店的坛坛罐罐里，放着晒干的树叶草根，还有许多奇怪的切成碎片的东西。它们怎么会好吃呢？我觉得亲婆是糊弄我，噘着嘴不肯进去。亲婆说："好，你在这里玩，我去一去就来。"

药店边上有一堵断墙，我躲在墙后面，心里想，你不给我买好吃的，我就让你找不到我。过了一会儿，只见亲婆急急忙忙地从药店里出来，手里拿着一个纸包。她站在药店门口，东张西望了一阵，看不到我的影子，便喊了两声，我偷偷地笑着，不发出声音来。她急了，颠动着一双小脚，朝相反的方向跑去。眼看她走得很远了,我才从断墙后走出来,大声喊:"亲婆,我在这里。"

她转过身来,以极快的步子向我奔过来。走到我身边时,路上的一块石头绊了她一下,她打了个趔趄,差点摔倒。我迎上去一步,扶住了亲婆。她一把拽住我的手,气喘吁吁地说:"你到哪里去了?把我的老命也急出来了。"看到她这么着急,我觉得很好玩。我好好地在这里,她这么急干吗?

她打开纸包,里面包的不是药草,而是一种做成小方块,在火上烤熟的米糕。她塞了一块在我的嘴里,这米糕又脆又甜,好吃极了。

我这才知道,亲婆没有骗我。我也知道了,世界上原来还有卖这样美味食品的中药店。

她到上海来了!

有一天,父亲问我:"我要把亲婆接到上海来住,你高兴不高兴?"

"亲婆来我们家?"

父亲点点头。

"好啊,亲婆来啦!"我高兴得跳起来。

亲婆来上海,是我家的一件大事。那天下午,阳光灿烂，我和妹妹跟着父亲，到码头上去接亲婆。

亲婆从船上走下来的情景，我记得特别清晰。午后的阳光照在亲婆的脸上，一头白发变得银光闪闪。她眯缝着眼睛，满脸微笑，老远向我们招手。我的两个姐姐一左一右扶着她，慢慢地走出码头。她嫌姐姐走得太慢，甩开了她们的手，三步并作两步向我们奔过来……

出码头后，父亲要了两辆三轮车，他和两个姐姐坐一辆在前面引路，我和妹妹跟亲婆坐后面一辆。我和妹妹一左一右坐在亲婆的两边，她伸手揽住我们的肩胛，笑着不断地说："好了，好了，我们可以天天在一起了。"我和妹妹靠在她身上，兴奋得不知说什么好。亲婆从她的小包裹里拿出两个纸包，我和妹妹一人一包。隔着纸包，我就闻到了烤米糕的香味。

三轮车经过外滩时，她仰头看着那些高大的建筑，嘴里喃喃地惊叹："这么大的石头房子。"我后来才知道，亲婆以前从来没有到过上海。

"亲婆，以后我陪你来玩。"我拍着胸脯向亲婆许诺。

"我这个小脚老太婆，哪里也去不了。"亲婆拍拍我的肩胛，笑着说。

亲婆没有说错，到上海后，她整天在家里待着，几乎从不出门。外滩，她就见了这么一次。我的许诺，直到她去世也没有兑现。

有她的日子

天天有亲婆陪伴的日子,是多么美妙的日子。

在我的记忆里,亲婆像一尊慈祥的塑像。她坐在厨房里,午后的阳光柔和地照在她瘦削的肩头上。一只藤编的小匾篮,搁在她的膝盖上。小匾篮里,放着我们兄弟姐妹的破袜子。亲婆一针一线地为我们补着破袜子。那时,没有尼龙袜,我们穿的是纱袜,穿不了几天脚趾就会钻出来。在上海,我们兄弟姐妹一共有六个,我们的袜子每天都会有新的破洞出现,于是亲婆就有了干不完的活儿。我的每一双袜子上,都密密麻麻地缀满了亲婆缝的针线。补到后来,袜底层层叠叠,足有十几层厚,冬天穿在脚上,像一双暖和的棉袜套。

那时家里有一个烧饭的保姆,可有些事情亲婆一定要自己来做。她常常动手做一些家乡的小菜,我们全家都喜欢她做的菜。亲婆做菜,用的都是最平常的原料,可经她的手烹调,就有了特殊的鲜味。譬如,她常做一种汤,名叫"腌鸡豆瓣汤",味道极其鲜美。所谓"腌鸡",其实就是咸菜。父亲最爱吃这种汤,他告诉我,家乡的人这么评论这汤:"三天不吃腌鸡豆瓣汤,脚股郎里酥汪汪。"不吃这汤,脚也会发软。亲婆做这汤时,总是分派我剥豆壳。我们祖孙两人一起剥豆壳的时候,也是我缠着亲婆讲故事的时候。不过,亲婆不善讲故事。我知道,她年纪轻的时候,还是清朝,我问她清朝是什么样子,她只知道皇帝和"长毛",还知道那时男人梳辫子,女人缠小脚。她的那对小脚就是清朝的遗物。

小时候我也是个淘气包,天天在外面玩得昏天黑地,回到家里,总是浑身大汗,脏手往脸上一抹,便成了大花脸。从外面回家,要经过一段黑洞洞的楼梯,只要我的脚步声在楼梯上响起,亲婆就会走到楼梯口等我,喊我的小名。亲婆的声音,就是家的声音。从楼下进门,我嚷着口渴,亲婆总是在一个粗陶的茶缸里凉好了一缸开水,我可以咕嘟咕嘟连喝好几碗。我觉得,亲婆舀给我的凉开水,比什么都好喝。我在外面玩,亲婆从来不干涉我,只是叮嘱我不要闯祸。一次,帮我洗衣裳的保姆埋怨我太贪玩,衣服老是会脏。亲婆听见后,便说:"小孩子,应该玩,不像我小脚老太婆,没办法出门。小时候不玩,长大后就没有工夫玩了。不过要当心,不要闯祸。衣服弄脏,没关系。"她对保姆说:"你来不及洗,我来洗。"长辈里,只有亲婆这么说,她懂得孩子的心思。

一只苹果

床底下,飘出一阵又一阵诱人的苹果香味,使我忍不住趴到地上，向床底下窥探。

那是经济困难时期，食品严重匮乏，有钱也买不到吃的东西。糖果糕点都成了稀罕物。一天，一个亲戚来做客，送了一小篓苹果。又大又红的苹果，放在桌子上，满屋子飘香。竹篓子用红线绑着，母亲不把红线拆开，苹果是不能吃的，这是家里的规矩。

母亲把苹果放在自己的床底下，可苹果的香气还是不断地从床底下散发出来，闻到香气，我就直咽口水。对一个不时被饥馑困扰的孩子来说，这实在是一种大诱惑。房间里没人的时候，我就趴在地上，把苹果篓拉出来，然后欣赏一阵，用鼻子凑上去闻闻它们的香味。那香味好像在用动听的声音对我说："来呀，来吃我呀。不把我吃了，我会烂掉。"

我终于无法忍受苹果的诱惑。竹篓子的网眼很大，不必把红线拆掉，我从网眼中挖出一个苹果来，一个人躲到晒台上美餐了一顿。

两天后，母亲想起了床底下的苹果。晚饭后，母亲拿出苹果，她拆开红线，打开竹篓一看，发现少了一个。母亲的脸沉下来，当着全家人的面，大声问："是谁嘴这么馋，偷吃了一个苹果？"

哥哥姐姐和妹妹都说没吃，我想承认，但又怕受到母亲的斥责。母亲见没人承认，光火了："难道苹果自己跑掉了？今天非得弄个水落石出！"见母亲发这么大的火，我更不敢承认了。

见没有人出来承认，母亲的火气越来越大，她把苹果篓收了起来，说："这件事情不弄清楚，谁也不要想吃苹果。"

这时，发生了一件我意想不到的事情。一直在一边默默地听着的亲婆突然站了出来，她笑着对母亲说："那只苹果是我吃掉的。你就把剩下的苹果分给小囡吃吧。"

亲婆吃了一个苹果，母亲当然无话可说。她不再追问，打开竹篓，一声不响地分给我们每人一个苹果。分到亲婆时，苹果已经没有了。亲婆说："我已经吃过了，不要再分给我了。"我手里捧着一个苹果，心里很难过。我知道，亲婆没有吃过苹果，可她为什么这么说呢？

等房间里没有人时，我走到亲婆面前，把苹果塞到她手里，轻轻地说："亲婆，这个苹果，应该你吃。"亲婆摸摸我的头，把苹果放回到我的手中。

"小孩子想吃苹果没什么不对。吃吧。"

我不敢抬头看亲婆，我知道，亲婆心里什么都明白。

这次"苹果事件"，以后再也没有人问过，只有我和亲婆知道其中的秘密。不过，我一直没有向她坦白。直到现在，想起这件事情，我还会觉得歉疚。

她和"疯老太"

我闯祸了!

我拼命奔跑着,一个怒气冲冲的老太婆挥舞着一根木棍在我身后紧追不舍。

这老太婆是一个孩子们见了都怕的女人,她身体粗壮,面貌丑陋,说话粗声大气,像一个凶恶的女巫。孩子们在背后都叫她"疯老太"。那天,我在弄堂里和几个小伙伴一起玩耍,"疯老太"在弄堂口午睡,她躺在一张破席子上,大声地打着呼噜。

有人调唆我:"你敢不敢用西瓜皮扔她?"为了表现我的大胆,我捡起地上的两块西瓜皮,向"疯老太"扔去一块。西瓜皮不偏不倚,正好落在"疯老太"的脸上。"疯老太"从梦中被惊醒,一下子从地上跳了起来,她摸着被西瓜皮打湿的脸,怒不可遏地大叫:"哪个赤佬想寻死?"我赶紧扔掉手里的另外一块西瓜皮,"疯老太"发现了,大喝一声:"是你!今天我要打死你!"一边喊着,一边猛地向我扑过来。

我无路可逃,只能往家里跑。我奔进门,踏上楼梯,只听见后面的脚步声紧随着咚咚咚跟了上来。

我奔进楼梯边的亭子间,亲婆一个人坐在屋里补袜子。见我这么惊慌,亲婆忙问:"什么事?"然而我已经没有时间解释了,楼梯上传来了"疯老太"的叫骂声:"小赤佬,看你逃到哪里去,今天我要打死你!"

亲婆放下手里的针线,一把将我推到门背后,低声关照我:"站着别出声!"然后又坐到原来的位子上,拿起针线做补袜子状。

这时,"疯老太"已经追到亭子间门口,她站在门口,大声问亲婆:"那个小赤佬呢?你看见他了吗?"

我躲在门背后,紧张得不敢出气。此刻,我和"疯老太"距离不到一尺,能听到她急促的喘气声。站在门背后,我能看到亲婆,只见她很镇静地坐在那里,不动声色地回答"疯老太":"没有看见。"

"疯老太"在门口站了片刻,骂骂咧咧地下楼去了。

我从门背后走出来,还吓得直发抖。亲婆问清了事发的缘由,把我说了几句。她要带我去向"疯老太"道歉。我一听,慌了:"那怎么行,她是疯子,要打人的!"

"我看她不疯。你们这样作弄她,她才生气。你不要害怕,我和你一起去找她。"

亲婆到上海后,很少出门,也不怎么和邻居交往。可这次,她却一反常态,一定要我带她去找"疯老太"。我知道自己理亏,可我怕被"疯老太"打,赖着不肯去。亲婆生气了,板着脸说:"你不带我去找她,不向她去认个错,以后就不要叫我亲婆。"

我还是第一次看见亲婆这样生气,心里有点害怕,就答应了她。

第二天傍晚,亲婆牵着我的手,在苏州河边上找到了"疯老太"。我非常紧张,怕"疯老太"会扑上来打我,想不到,"疯老太"已经不记得我了。亲婆走到"疯老太"面前,说:"上次,是我的孙子用西瓜皮扔了你,我带他来向你认错。"说着,她把我拉到"疯老太"跟前。我对"疯老太"说了声"对不起"。她愣了一下,笑起来。"疯老太"原来并不可怕。她眨了眨那双泪汪汪的红肿的眼睛,挥了挥手,大声说:"事情过去就算了,小孩子,以后不要干坏事,干坏事,要吃苦头的!"

以后,"疯老太"看到我,总是对我笑。

死和生

亲婆的死,在我童年的经历中,留下了最深刻的印记。这一年,我上二年级。

那天晚上,我在一个同学家里做功课,只觉得眼皮跳个不停,听大人说过,眼皮跳,总有什么倒霉的事情会发生。会发生什么事情呢?眼皮越跳越厉害,跳得我心烦意乱。功课还没有做完,有一个同学从外面跑来找我,告诉我家里出了事情。

"你家有老人从楼梯上摔下来,你快回家去!"

我家的老人,一定是亲婆!我只觉得脑子嗡的一声炸开了。我一路奔跑着回到家里。走过那一段黑洞洞的楼梯时,我突然听到亲婆在叫我的小名。平时我放学回家时,亲婆总是站在楼梯口这样叫我。我心里一松,亲婆能叫我,大概没有什么事情。

可是亲婆不在楼梯口。楼梯口,围着不少人,都是平时不常来我家的邻居。他们见我回来,赶紧让出路来。我发现,他们的目光异样,似乎是同情,又好像是可怜。我走进房间,只见父母和哥哥姐姐都站在亲婆的床边。

亲婆躺在床上,半边的脸都肿了。她从楼梯上摔下去,头撞在地板上,被人背上来时,神志依然清醒。我扑到她身边,流着泪大声喊她。她睁开眼睛,看了我一眼,吃力地咧开嘴笑了笑,从喉咙里吐出几个含糊不清的字:"不要哭,我七十八岁了……"

我回家后不到十分钟,亲婆就断了气。断气时,父亲紧紧地抱着她。我听到父亲像孩子一样哭着喊妈妈。这是我第一次看见父亲哭,而且哭得如此悲恸。我跟着父亲一起大哭,一边哭,一边喊亲婆。我觉得亲婆是不会这么死去的,我拼命摇着她的身体,希望她睁开眼睛,然而她再也不会醒来了。

我用蒙眬的泪眼凝视着亲婆平静安详的脸,往事一幕一幕重现在眼前,它们都已经过去,永远不会在我的生活中重演。以后的日子,我将失去亲婆的关怀和爱。我曾经答应过她,长大后,要买最好吃的东西来孝敬她,现在没有机会了。想到这些,我泪如泉涌……

这是我第一次体会到亲人离去的悲痛。

在亲婆去世的哀哭声中,我感到自己突然长大了许多。

我从记忆的匣子里倒出这些零星的往事,亲婆的形象,又像当年那样清晰地出现在我的眼前。记忆使时光倒流,记忆也使亲人死而复生。

童年笨事

如果回想一下，每个人儿时都做过一些笨事，这并不奇怪，因为儿时幼稚，常常把幻想当成真实。做笨事并不一定是笨人，聪明人和笨人的区别在于：聪明人做了笨事之后会改，并且从中悟出一些道理，而笨人则屡错屡做，永远笨头笨脑地错下去。

我小时候笨事也做得不少，现在想起来还会忍不住发笑。

追"屁"

五六岁的时候，我有个奇怪的嗜好：喜欢闻汽油的气味。我认为世界上最好闻的味道就是汽油味，比那种绿颜色的明星牌花露水味道要美妙得多。而且,我最喜欢闻汽车排出的废气。于是跟大人走在马路上,我总是拼命用鼻子吸气,有汽车开过,鼻子里那种感觉真是妙不可言。有一次跟哥哥出去,他发现我不停地用鼻子吸气,便问:"你在做什么?"我回答:"我在追汽车放出来的气。"哥哥大笑道:"这是汽车在放屁呀,你追屁干吗?"哥哥和我一起在马路边前俯后仰地大笑了好一阵。

笑归笑,可我的怪嗜好依旧未变,还是爱闻汽车排出来的气。因为做这件事很方便,走在马路上,你只要用鼻子使劲吸气便可以。后来我觉得空气中那汽油味太淡,而且稍纵即逝,闻起来总不过瘾,于是总想什么时候过瘾一下。终于想出办法来。一次,一辆摩托车停在我家弄堂口。摩托车尾部有一根粗粗的排气管,机器发动时会喷出又黑又浓的油气,我想,如果离那排气管近一点,一定可以闻得很过瘾。我很耐心地在弄堂口等着,过了一会儿,摩托车的主人来了,等他坐到摩托车上,准备发动时,我动作敏捷地趴到地上,将鼻子凑近排气管的出口处等着。摩托车的主人当然没有发现身后有个小孩在地上趴着,只见他的脚用力踩动了几下,摩托车呼啸着箭一般蹿出去。而我呢,趴在路边几乎昏倒。

那一瞬间的感觉,我永远不会忘记——随着那机器的发动声轰然而起,一团黑色的烟雾扑面而来,把我整个儿包裹起来。根本没有什么美妙的气味，只有一股刺鼻的、几乎使人窒息的怪味从我的眼睛、鼻孔、嘴巴里钻进来，钻进我的脑子，钻进我的五脏六腑。我又是流泪，又是咳嗽，只感到头晕眼花、天昏地黑，恨不得把肚皮里的一切东西都呕出来……天哪，这难道就是我曾迷恋过的汽油味儿？等我趴在地上缓过一口气来时，只见好几个人围在我身边看着我发笑，好像在看一个逗人发乐的小丑。原来，猛烈喷出的油气把我的脸熏得一片乌黑，我的模样狼狈而又滑稽……

从此以后，我开始讨厌汽油味，并且逐渐懂得，任何事情，做得过分以后，便会变得荒唐，变得令人难以忍受。

囚　蚁

童年时曾经认为世界上所有的动物都可以由人来饲养，而且所有的动物都可以从小养到大，就像人一样，摇篮里不满一尺长的小小婴儿总能长成顶天立地的巨人，连蚂蚁也不例外。在歌子里唱过"小蚂蚁，爱劳动，一天到晚忙做工"，所以对地上的蚂蚁特别有好感，常常趴在墙角或者路边仔细观察它们的活动，看它们排着队运食物、搬家，和比它们大无数倍的爬虫和飞虫们作战……大约是五岁的时候，有一天我和妹妹忽发奇想：为什么不能把蚂蚁们放到玻璃瓶里养起来呢？像养小鸡小鸭那样养它们，给它们吃，给它们喝，它们一定会长大，长得比蟋蟀和蝈蝈们还要大。

这件事情并不复杂。找一个有盖子的玻璃药瓶，然后将蚂蚁捉到瓶子里，我们一共捉了十五只蚂蚁，再旋紧瓶盖。这样，这十五只蚂蚁便有了一个透明整洁的新家。我和妹妹兴致勃勃地观察着蚂蚁们在瓶子里的动静，只见它们不停地摇动着头顶的两根触须，急急忙忙地在瓶子里上下来回地走动，似乎在寻找什么。我想它们大概是饿了，便旋开瓶盖投进一些饭粒，可它们却毫无兴趣，依然惊惶不安地在瓶里奔跑。它们肯定在用它们的语言大声喊叫，可惜我听不见……第二天早晨起来，第一件事情就是看玻璃瓶里的蚂蚁。只见那十五只蚂蚁横七竖八躺在瓶底下，安安静静地一动也不动，它们全都死了。我和妹妹很是伤心了一阵，想了半天，得出结论：是因为药瓶里不透气，蚂蚁们是闷死的（现在想起来更可能是瓶里的药味使小蚂蚁们送了命）。

原因既已找到，新的办法便随之而来。我找来一只火柴盒子，准备为蚂蚁们做一个新居。怕它们再闷死，我命令妹妹用大头针在火柴壳上扎出一些小洞眼，作为透气孔。当时已是深秋，天气有些冷，于是妹妹又有新的担忧："火柴盒里很冷，小蚂蚁要冻死的！"对，想办法吧。在妹妹的眼里，我这个比她大一岁的哥哥是无所不能的。我果然想出办法来：从保暖用的草饭窝里抽出几根稻草，用剪刀将稻草剪碎后装到火柴盒里，这样，我们的蚂蚁客人就有了一个又透气又暖和的新窝了。我和妹妹又抓来一些蚂蚁关进火柴盒里，还放进一些饼干屑，我们相信蚂蚁们会喜欢这个新家。遗憾的是不能像玻璃瓶一样在外面观察它们了。但可以用耳朵来听，把火柴盒贴在耳朵上，可以听见它们的脚步声。这些窸窸窣窣的声音极其轻微，必须在夜深人静时听，而且要平心静气地听。在这若有若无的微响中，我曾经有过不少奇妙的遐想，我仿佛已看见那些快乐的小蚂蚁正在长大，它们长出了美丽的翅膀，像一群威风凛凛的大蟋蟀……

然而我们的试验还是没有成功。不到两天时间，火柴盒里的蚂蚁们全都逃得无影无踪。我也终于明白，蚂蚁们是不愿意被关起来的，它们宁可在墙角、路边和野地里辛辛苦苦地忙碌搏斗，也不愿意在人们为它们设置的安乐窝里享福。对它们来说，没有什么比自由的生活更为可贵。

跳　河

在几十双眼睛的注视下，我爬上了苏州河大桥的水泥桥栏。我站得那么高，湍急的河水在我脚下七八米的地方奔流。我闭上眼睛，深深地吸了一口气，准备往下跳，然而脚却有点儿发抖……

背后有人在小声议论——

"喔，这么高，比跳水池的跳台还高！这孩子敢跳？"

"胆子还真不小！"

"瞧，他有些害怕了。"

"……"

议论声无一遗漏，都传进了我的耳朵。于是我闭上了眼睛，又深深地吸了一口气……

这还是读初中一年级时的事情。放暑假的时候，我常常和弄堂里的一批小伙伴一起下黄浦江或者苏州河游泳。有一天，看见几个身材健美的小伙子站在苏州河桥栏上轮流跳水，跳得又潇洒又优美，使人惊叹又使人羡慕。我突然也想去试一试，他们能跳，我为什么不能呢？小伙伴们知道我的想法后，都表示怀疑，他们不相信我有这样的胆量。我急了，赌咒发誓道："你们看好，我不跳不姓赵！"看我这么认真，有几个和我特别要好的孩子也为我担心了，他们说："好了，我们相信你敢跳了。你可千万别真的去跳！""假如'吃大板'，那可不是闹着玩的！"（"吃大板"，指从高空落水时身体和水面平行接触，极危险）可是再也没有人能够阻拦我的决心。我爬上桥栏时，小伙伴们都为我捏一把汗，有几个甚至不敢看，躲得远远的……

然而当我站到高高的桥栏上之后，却真的害怕起来，尤其是低头看桥下的流水时，只觉得头晕目眩。在这之前，我从未在超过一米以上的高度跳下水，现在一下子要从七八米高的地方跳入水中，而且没有任何准备和训练，真是有点冒险。如果"插蜡烛",保持直立的姿势跳下去,危险性要小些,但肯定会被人取笑。头先落水呢,一点把握也没有……我犹豫了几秒钟。在听到背后围观者的议论时,我一下子鼓起勇气:头先落水!

我眼睛一闭,跳了下去。但结果非常糟糕,因为太紧张,落水时身体蜷曲着,背部被水面又狠又闷地拍了一下,几乎失去知觉。挣扎着游上岸时,发现背脊上红红的一大片。不过,这极不潇洒的一跳,却使我懂得了怎样才能使身体保持平衡。

"这一跳不行,我重跳。"当小伙伴们拥上来时,我喘着气宣布了我的决定。不管他们怎样劝阻,我还是重新爬上了桥栏。我又跳了两次。尽管我看不见自己落水时的姿势,但从伙伴们的赞叹和围观者的目光来看,后两次跳水我是成功了。

我的父母和学校的老师从来不知道我曾到江河里游泳,更不知道我还敢从桥头往河里跳。他们也许不会相信,这样一个经常埋头在书中的文质彬彬的好学生,竟然会做出这种只有顽童才会去干的冒险行动。然而我确确实实这样干了,干得比顽童还要大胆。

为逞一时之强而去冒这样的险,似乎有点蠢,有点不值得,但我因此而树立了这样的信念:凡是我想要做的,我一定能够做到。随着年龄的增长,这信条越来越明确。尽管以后我也不断地有过失败和挫折，但我从没有轻易放弃过自己所追寻的理想和目标。

青 鸟

下了一夜大雪。天刚亮,透过镶满冰凌花的窗玻璃向外看,只见一片耀眼的白色。红色的砖墙、青灰色的屋脊、墨绿色的柏树枝,全都变白了,仿佛世界上所有的色彩都融化在这单调的白色里。北风在低低地吼叫,窗台上的积雪飞着,飘着,似在炫耀雪天的寒冷……

门缝里,悄然塞进一张沾着雪花的报纸来。呵,是那个年轻的女邮递员,冰天雪地的,她还是这么早就来了!我打开门,她已经远去,那绿色的背景在晶莹的白雪之中晃动着,显得分外鲜亮,雪地上,留下一行深深的脚印,弯弯曲曲,高高低低,从这一家门口,通向那一家门口……

我捧着报纸,却看不下一行,那一团鲜亮的绿色,老是在我的眼前晃动、跳跃、飞翔,它仿佛化成了一只翩然振翅的鸟，飘飘悠悠地向我飞过来……

……绿色的鸟，在广袤的田野里飞着。近了，近了——原来是一位送信的老人，骑着自行车急匆匆地过来了。他的脸是深褐色的，长年在旷野里奔波的乡村邮递员大多这样，只是他的脸上还刻满了深深的皱纹，他的一身绿制服已经洗得很旧，只有车上挂着的那只邮袋还是绿得那么醒目。

"小伙子，这是你的信吧？想家吗？"当他第一次把信送到我手里时，微笑着轻轻问了一句。不知怎的，这位老乡邮递员，一见面就使我感到亲切。在他的善良的微笑里，在他的关切的询问中，我看见了一颗充满着同情和关怀的长者之心。

这是一个沉默寡言的老人，在农村送了几十年信。每天，他的自行车铃声在田埂上一响，田里干活的人们便围了上去。于是他便开始默默地分发信件，只是偶尔关照着什么。他不仅能叫出这方圆几十里地的大多数人的名字，还了解每家每户的情况呢。人们都亲切地叫他"老张头"。他管送信，也兼管寄信，社员们发信、寄包裹都拜托他。每每一圈跑下来，他的邮袋非但不空，反而装得更鼓了。逢到雨天，乡间的泥路便不能骑车了。这种时候，老张头要迟一点来。他穿着一件很大的雨衣，背着一个沉甸甸的大邮袋，背脊稍稍佝偻，竟显得十分矮小。尽管总是一脸雨，一脸汗，一身污泥，急匆匆的步子也常常吃力而又蹒跚，但是他却从来没有耽误过。这几十里泥路，实在是够他受的。

那时候，信，是我生活中多么重要的内容啊。在那些小小的信封里，装着亲人们的问候，装着朋友们的友谊，也装着我的秘密——远方，有一个善良而又倔强的姑娘，不顾亲友的反对，悄悄地、不附加任何条件地把她最纯真的初恋给了我。她在都市，我在乡村，在许多人眼里，这不啻有天壤之别啊。有了她，我生活中的劳累、艰辛，仿佛都容易对付了。像所有在初恋中的青年人一样，我激动、陶醉，常常陷入幸福美好的遐想……这一切，都是她的那些热情的信给我带来的，而所有的信，又都是通过这位老邮递员送到我手中的。下乡不多几天，我就深深地感觉到，这送信的老人，对于我是何等的重要！每天，我都急切地盼望着，盼望着他的绿色的、瘦小的身影出现在那条被刺槐树掩隐的小路上。那心情，就像远航在大洋中的水手盼望着从空蒙的海面上升起飘忽朦胧的海岸，就像跋涉在沙漠里的旅人盼望着从荒寂的黄丘中露出郁郁葱葱的绿洲。每次见到他，我的心总会扑通扑通地跳起来，血也仿佛会流得更快：哦，今天，会有她的信吗？……

这一切，这送信的老人应该是不会知道的，他每天要投送成百上千封信啊。他的表情好像有点麻木，密密的皱纹里，仿佛流出几丝忧悒。然而对我，他似乎特别关注一点，每次把信送到我手里时，他总是朝着我友好地微微一笑，日子久了,我恍惚觉得,他的笑容似乎变得意味深长了。这笑里,有关心,有赞许,也有鼓励,有时他还会笑着轻轻地对我说一声:"又来了。"又来了?是她又来了!哦,这老人,仿佛已经知道了我的秘密。或许,在那些右下角印着金色小鸟的相同的信封上,在信封上那娟秀的字体里,在那个永远不变的寄信人的地址中,他隐约窥见了我的秘密。

人与人之间的了解,真是一件难以捉摸的事情。有些人整天厮混在一起,海阔天空,无所不谈,过后细细一想,却仍然有一层烟雾笼罩着,只能看出一个模糊不清的轮廓。而有些人交流甚少,只是一次偶然的邂逅,只是寥寥几句对话,甚至只是无声的一瞥,留在你心中的形象,却是鲜明而又亲切,使人难以忘怀。这送信的老张头,我和他几乎没有说上过一句囫囵的话,每天,当他把信送到我手中,我们只是点点头,他只是那么微微一笑,我却觉得,他已经完全了解了我,包括我内心的秘密。这个善良正直的老人,同情我,关心我,也喜欢我那远方的姑娘——她毫不犹豫地把自己的爱情献给一个插队在乡下的孤独的青年——他赞赏这种爱情!他的眼神,他的微笑,清晰地告诉了我这所有的一切。

我觉得,在我们的无声的交流中,有一种心灵的默契,有一种可贵的信任。倘若他问我,我决不会对他有任何隐瞒的,我愿意把我的所有一切,都向他和盘托出。然而,他从来不问我。

　　有时几天收不到她的信,我便会着急起来,老张头送信离开时,我总是一个人呆呆地站在田头,那模样大概是又怅惘又可怜的。"不要急。"他用简短的三个字安慰我。有一次,见我太失望,他轻轻地拍了拍我的肩膀,微笑着说:"送你两句诗,怎么样?"啊,竟是秦少游的两句词:"两情若是久长时,又岂在朝朝暮暮。"这使我诧异,这老人,居然还读诗词!他的声音,像一股凉滋滋的清泉,缓缓流进我焦虑的心,使我平静下来。

　　月有阴晴圆缺,爱情,也总是曲折的。朗澈的天空会突然飘过乌云,平静的水面会突然涌起风波……因为一些小小的误会,远方的姑娘竟和我赌气了,一连一个多月没有来信,这似乎是一次真正的危机,我陷入了极大的苦恼之中。老张头知道我的心思,每天来到田头,他总是凝视着我,然后意味深长地点点头。他没有说一句安慰我的话,但从他的表情中,我能感觉到他的深切同情和真挚关心,那深沉的目光,分明在对我说:"要经受住考验啊。"

　　就在这时,老张头突然退休了。听人说,他身体不好。这一带的邮递员换上了一个骑摩托车的小伙子。正是初春,连着下了好长时间的雨,摩托车无法在泥泞的路上行驶,那小伙子竟然好几天没有来。当时正是乱哄哄的年头,乡村的邮局大概也没人管,社员们都骂开了。那天正在田里干活,忽然有人叫起来："老张头！老张头回来了！"我抬头一看，果然，在那条槐荫摇曳的小路上，老张头慢慢地走过来了。他还是穿着那件洗旧了的绿色制服，肩上背着一个沉甸甸的大邮袋。一个多月不见，他竟仿佛老了许多，背脊比先前佝偻得更厉害，头上也似乎添了不少银丝。看着在他脸上那些密密的皱纹里滚动的汗珠，看着那一身沾满泥巴的绿制服，我忽然涌起一股强烈的恻隐之情，这老人，已到儿孙绕膝的年纪了，还在这泥泞的道路上奔波……

说也奇怪，没有人号召，在田里干活的人们都不约而同地放下手里的农具，走到路边把老张头团团围了起来，亲热地问长问短。人们的热情，显然使老人激动了，他一面分发信件，一面笑着"嗯嗯"应答，说不出一句话来。

有人问："哎，你不是退休了，今天怎么又送信了？"

老张头一下子敛起笑容，仿佛来了火："是退休了，今天来领工资，看到信件都积压在邮局里，这怎么行！一个邮递员，哪能眼睁睁看着这么多信搁浅在半道上。他们不送，我老头子送！"

说着，他朝我走来，脸上又溢出真诚的微笑。看见他在信堆中挑拣着，我的心不禁怦地一跳……啊，雪白的信封，啊，那金色的小鸟展开翅膀向我飞来了！"拿着，我知道她会来的。"他微笑着，轻轻地说。

真正的爱情，毕竟不是脆弱的——误会涣然冰释了，我的小鸟飞回来了!这一切,又是老张头送给我的啊!久久地,我目送着远去的老人,只见他那淡绿色的瘦小的背影,在春天彩色的田野里摇晃着,缩小着,终于消失在萌动着万点新绿的远方。

从此,我总是对邮递员怀着一种真挚的敬意,有时真想拦住在路上见到的任何一位邮递员,大声地对他说:"谢谢你们!谢谢你们!"离开农村后,我又遇到过几位年轻的女邮递员,虽然没有什么交流,但她们给我的印象是踏实,热情的,她们常常又使我想起老张头……

此刻,手里捧着当天的报纸,我依然看不下一行,洁白轻柔的雪花,还在窗外纷纷扬扬地飘,而报纸上的雪花早已融化,变成了一颗颗亮晶晶的小水珠,在我的眼前闪烁……我忽然想起杜甫的两句诗来:"杨花雪落覆白萍,青鸟飞去衔红巾。"青鸟,这神话中美丽的小鸟,自古以来便被比作传递爱情的信使,受到人们的赞美。人民的邮递员——他们才是最忠诚、最坚忍、最值得赞美的青鸟啊!

雨　中

傍晚，天边飘来一朵暗红色的云。天还没落黑，就淅淅沥沥下起雨来。

热闹了一天的城市，在雨中渐渐安静下来。汹涌的人潮流进了千家万户，水淋淋的马路，像一条闪闪发光的绸带，在初夏的绿荫中轻轻地飘。一群刚刚放学的孩子撑着雨伞，仿佛是浮动的点点花瓣，偶尔过往的车辆，就像水波里穿梭的小船……

一个年轻的姑娘拉着一辆小运货车，在雨中急匆匆地走来。车上，装着两大筐苹果，红喷喷的，黄澄澄的，堆得冒出了箩筐。许是心急，许是路滑，在马路拐弯处，只见小车一歪，一只箩筐翻倒在马路上，又圆又红的大苹果，滴溜溜地在湿漉漉的路面上蹦跳着，蹦到了马路中间，跳到了马路对边，一时滚得满地都是。姑娘赶紧放下车把，慌里慌张地拾了起来。几百个苹果散了一地，哪里来得及捡呢！姑娘捡起了这个，滚走了那个，眼看，汽车嘟嘟叫着从远处驶来……

正好，有一群放学回家的孩子走过这里。没等姑娘招呼，他们就奔过去，七手八脚地捡了起来。姑娘直起身子，不由得皱起了眉头，哦，假使遇上一帮淘气的孩子，每人捡几个苹果一哄而散，挡也没法儿挡呀！仿佛看出了她的焦虑，一个胖乎乎的小男孩走到她身边，说："不要着急，大姐姐，一个苹果也不会少！"说罢，他解下脖子上的红领巾，大声叫道："刚刚、杉杉、小军，来，跟我封锁交通！"然后，又不停地摆动红领巾，向驶近的汽车大声叫着："停一停，停一停！"

一辆大卡车停下来了。司机是个小伙子，他把头伸出车窗一瞧，笑了，然后呼地一声打开车门，跳下车和孩子们一块儿拾起苹果来。一辆小轿车停下来了，一位满头白发的老人也走下车来。路边，过往的行人也来了。大大小小的人们混在一起，追逐着满地乱滚的苹果，宁静的马路顿时热闹起来……

这一切，发生得这样突然，又结束得这样迅速。我们的那位运苹果的姑娘，还没来得及说声谢谢，帮助拾苹果的人们已经消散在雨帘里。孩子们嬉笑着撑开伞，唱着歌儿走了，卡车和轿车也开走了。只有那一筐散而复聚的大苹果，经过这一趟小小的旅行，变得水淋淋的，在姑娘身边闪着亮晶晶的光芒。

两筐苹果，几个孩子，一场为夏天的闷热带来了万般清凉的雨……这些本来毫不相干的事物，在一个偶然的机遇里，却互相关联着，组成了一个并不宏大，却也十分动人的场面——留下了很多的深思，随着这绵绵长长的雨点，随着这拂拂而来的夜风，流进了一条条大街小弄，或许，也流进了人们的心里……

在夏天，这样的雨是很多的。

我盼望着……

雨，还在飘飘洒洒。恢复了宁静的马路，依然像条闪光的绸带，在雨帘里轻轻地飘。运苹果的姑娘目送着孩子们彩色的雨伞，突然感到：这初夏的雨点，是那么清凉；这雨中的世界，是那么清新……

山　雨

来得突然——跟着那一阵阵湿润的山风,跟着那一缕缕轻盈的云雾,雨,轻轻悄悄地来了……

先是听见它的声音,从很远的山林里传来,从很高的山坡上传来——

沙啦啦,沙啦啦……

像一曲无字的歌谣,神奇地从四面八方飘然而起,并且逐渐清晰起来,响亮起来,由远而近,由远而近……

雨声里,想起了李商隐的诗:"萧洒傍回汀,依微过短亭。气凉先动竹,点细未开萍。稍促高高燕,微疏的的萤……"仿佛就是在写我此刻的感觉。雨,使这山中的每一块岩石,每一片树叶,每一丛绿草,都变成了奇妙无比的琴键,飘飘洒洒的雨丝是无数轻捷柔软的手指,弹奏出一阕又一阕优雅的、带着幻想色彩的小曲……"此曲只应天上有"啊！

　　雨使山林改变了颜色。在阳光下，山林的色彩层次多得几乎难以辨认，有墨绿、翠绿，有淡青、金黄，也有火一般的红色。在雨中，所有色彩都融化在水淋淋的嫩绿之中，绿得耀眼，绿得透明。这清新的绿色仿佛在雨雾中流动，流进我的眼睛，流进我的心胸……

　　这雨中的绿色，在画家的调色板上是很难调出来的，然而只要见过这水淋淋的绿，便很难忘却。记忆宛若一张干燥的宣纸，这绿，随着丝丝缕缕的微雨，悄然在纸上化开，化开……

　　去得也突然——不知在什么时候，雨，悄悄地停了。风也屏住了呼吸，山中一下变得非常幽静。远处，一只不知名的鸟儿开始啼啭起来，仿佛在倾吐着浴后的欢悦。远处，凝聚在树叶上的雨珠继续往下滴着，滴落在路畔的小水洼中，发出异常清脆的音响——

　　叮——咚——叮——咚……

　　仿佛是一场山雨的余韵。

热爱生命

父亲老了,七十有三了,年轻时那一头乌黑柔软的头发变得斑白而又稀疏。大概是天天在一起的缘故,真不知这头发是怎么白起来,怎么稀起来的。

有些人能返老还童,这话确实有道理。七十三岁的父亲,竟越来越像个孩子,对小虫小草之类的玩意儿的兴趣越来越浓。起初,是养金蛉子。乡下的亲戚用塑料盒子装了一只金蛉子,带给读小学的小外甥,却让他"扣"下来了。"小囡,迷上了小虫子,读书就没有心思了。"他一边微笑着申述理由,一边凑近透明的塑料盒子,仔细看那关在盒子里的小虫子。"听,它叫了!"他压低了声音,惊喜地告诉我,并且要我来看。盒子里的金蛉子果然在叫,声音幽幽的,但极清脆,仿佛一根银弦在很远的地方颤动。金蛉子形似蟋蟀，但比蟋蟀小得多，只有米粒大小，背脊上亮晶晶地披着一对精巧的翅膀，叫的时候那对翅膀便高高地竖起来，像两面透明的金色小旗在飘……

金蛉子成了他的宝贝了。他把塑料盒子带在身边，形影不离，有空的时候，就拿出盒子来看，一看就出神，旁人说什么做什么都不知道。时间长了，他仿佛和盒子里的金蛉子有了一种旁人无法理解的交流。那幽幽的叫声响起来的时候，他便微笑着陷入沉思，表情完全像个孩子。一次，他把塑料盒放在掌心里，屏息静气地谛视了好久。见我进屋来，他神秘地一笑，喜滋滋地说："相信吗，我能懂得金蛉子的意思呢！"

我当然不相信，这怎么可能呢！于是他把我拉到身边，要我和他一起盯着盒子里的金蛉子看。"我要它叫，它就会叫。"他很自信，也很认真。米粒大小的金蛉子稳稳地站在盒子中央，两根蛛丝般的触须悠然晃动着，像是在和人打招呼。看了一会儿，他突然轻轻地叫了起来：

"听着，它马上就要叫了！听着！"

果然，他的话音刚落，金蛉子背上两片亮晶晶的翅膀便一下子竖了起来，那幽泉般的鸣叫声便如歌如诉地在我的耳畔回旋……

"它马上要停了，你听着！"

金蛉子叫得正欢，父亲突然又轻轻推了我一下，用耳语急促地告诉我。他的话音未落,金蛉子果真停止了鸣叫。

这事情真有些奇了。我问父亲这其中究竟有什么奥秘,他笑了,并不是得意扬扬的笑,而是浅浅的淡淡的一笑。他说:"其实呒啥稀奇的,看得多了,摸到它的规律了。不过,这小生命确实有灵性呢,小时候,我就喜欢听它们叫,这叫声比什么歌子都好听。有些孩子爱看它们格斗,把它们关在小盒子里,它们也会像蟋蟀一样开牙厮咬,可这有啥意思呢,人间互相残杀得还不够,还要看这些小生灵互相残杀取乐!小时候,我就喜欢听它们唱歌……"

他沉浸在童年的回忆中,绘声绘色地讲起了童年乡下的琐事,讲他怎样在草丛里捉金蛉子,怎样趁着月色和小伙伴一起去地主的瓜田里偷西瓜。在玉米田里,在那无边无际的青纱帐中,孩子们用拳头砸开西瓜吃个饱,然后便躺在田垄上,看着天上的月牙、星星和银河,静静地听田野里无数小生命的大合唱。织布娘娘、纺纱童子、蟋蟀、油葫芦,以及许许多多无法叫出名字的小虫子,都在用不同的声音唱着自己的歌,它们的歌声和谐地交织在一起,使黯淡的夏夜充满了生机,充满了宁静的气息……

"最好听的,还是金蛉子。"说起金蛉子,父亲兴致特别浓,"金蛉子里,有地金蛉和天金蛉。天金蛉爬在桃树上,个儿比地金蛉大得多,翅膀金赤银亮,像一面小镜子,叫起来声音也响,像是弹琴,可天金蛉少得很,难找,它们是属于天上的。地金蛉才是属于我们的。别看地金蛉个儿小，叫声幽，那声音可了不起，大地上所有好听的声音，都能在地金蛉的叫声里找到。不信，你来听听。"

盒子里的金蛉子又叫起来了。父亲侧着头，听得专注而又出神，脸上又露出孩子般的微笑……

秋深了。风一阵凉似一阵。橘黄的梧桐叶在窗外飞旋，跳着寂寞的舞蹈。塑料盒里的金蛉子开始变得沉默寡言了，越来越难得听到它的鸣叫。父亲急起来，常常凝视着塑料盒子发呆。盒子里的金蛉子也有些呆了，缩在角落里一动不动，那一对小小的响翅似乎也失去了亮晶晶的光泽。

"你把它放在贴身的衣袋里试试，用体温暖着它，兴许还能过冬呢！"母亲见父亲愁眉不展，笑着提了一个建议。

父亲真把塑料盒藏进了贴身的衬衣口袋。金蛉子活下来了，并且又像以前那样叫起来。不过金蛉子的歌声旁人是很难听见了，它只是属于父亲的，只要看到他老人家一动不动地站着或者坐着微笑沉思，我就知道是金蛉子在叫了。有时候，隐隐约约能听见金蛉子鸣唱，幽幽的声音是从父亲的身上，从他的胸口里飘出来的。这声音仿佛一缕缕透明无形的烟雾，奇妙地把微笑着的父亲包裹起来。这烟雾里，有故乡的月色，有父亲儿时伙伴的笑声和脚步声……

于是，我想起屠格涅夫那篇题为《老人》的散文诗来：

……那么,你感到憋闷时,请追溯往事,回到自己的记忆中去吧——在那儿,深深地,深深地,在百感交集的心灵深处,你往日可以理解的生活会重现在你的眼前,为你闪耀着光辉,发出自己的芬芳,依然饱孕着新绿和春天的明媚与力量!

老人和夕阳

太阳失去了耀眼的光芒,落到离地平线不远的天边。他像一个垂暮的老人,用温和的慈祥的目光依依不舍地打量着这个曾经被他的热情灼烤过的世界。那些高楼和矮屋,那些大树和小草,那些宽阔或者狭窄、平坦或者崎岖的路,都在他那暗红色的目光里逐渐柔和起来,黯淡起来。他的目光深情然而无力。他的时间不多了。

我在一个车站等车。一位老人拄着一根山藤拐杖,慢慢地从远处走过来。拐杖和地面的叩击声,在宁静的暮色中清晰地响着——

橐、橐、橐、橐……

老人在我面前停住,抬起头来,夕阳映红了他的苍苍白发,也映红了他那双昏浊的眼睛,像两盏快燃到尽头的烛火。他脸上的皱纹密密麻麻,比这座城市的大街小巷还要密集,还要多。他问路,那路在很远的地方,在城市的边缘,坐车可以到达。

"坐车吧。走路要很长时间呢!"

他摇摇头,脸上露出一种神秘的微笑。

"坐车吧。您年纪大了。"

他还是摇摇头。神秘的微笑在每一条皱纹里流淌……

空荡荡的公共汽车在车站边戛然刹住。门打开了。

"请上车吧。我为您买票。"

他收敛了笑容,固执地摇着头,转身去了。和来时一样,他平静地用拐杖点着地面,慢慢地朝前面走,走向只剩下半边血红脸的夕阳。

汽车从他的身边开过去,响亮地鸣了一声喇叭。

我,还在车站上站着,我久久地目送着他的背影长长地投在路面上,我也忘记了上车。

看来,没有谁能劝阻他的。他一辈子都是这样走着,靠自己的脚追求自己的目标,他一定到过很多他想到的地方……

明天早晨,太阳还会回来,并且会变得年轻,变得容光焕发的。他呢?

他慢慢地隐没在越来越幽暗的夕照中,只留下越来越轻微的拐杖叩地声:

橐、橐、橐、橐……

炊　烟

在人迹罕至的深山密林里，假如看见一缕炊烟……

在饥肠辘辘的旅途中，假如看见一缕炊烟……

也许不会有什么比它更亲切了。那是一种动人的招手，是一种充满魅力的微笑，是一个似曾相识的陌生人，友好地向你挥动着一方柔情的白手绢……

掸落飘在肩头的枯叶，擦了擦额头的汗珠，我终于看见了在远方山坳里的炊烟，它优美地飘动着，无声无息地向我透露着一个质朴的希望。心中的惶乱被它轻轻地抚平了——在深山里走了大半天，饥饿、疲乏、山重水复的怅惘，曾经使我的脚微微地颤抖，步伐也失去了沉稳的节奏……

我急匆匆地走向山坳，走向炊烟。我想象着炊烟下可能出现的情景：大蘑菇似的小木屋，屋里，许是一个白胡子的看林老人，许是一个山泉般水灵的小姑娘，都带着一些童话的色彩……

果然看见两间小木屋了，只是普普通通，不像大蘑菇。木屋里走出一个胖胖的中年妇女，黑红的脸颊上，洋溢着只有山里人才有的那种健康的光彩。"客人来啦，快进屋里歇吧！"没等我开口，她就笑声朗朗地叫起来，一个矮小的男人应声走出来，这自然是她的丈夫了，他只是微笑着点头，似乎有些腼腆。

"能不能……麻烦买一点吃的？"早已过了吃午饭的时间，我不好意思地问。

"那还要问，坐下，先喝碗茶！"她把我按在一把竹椅上，转身从灶台的铁锅里舀给我一碗热气腾腾的开水，又悄声叮嘱了丈夫几句，那男人一声不吭地走出门去了。

灶台有点脏，她也许怕我看了不好受，找来一块抹布仔细擦了一擦。"山里人邋遢，将就一下啦！"她一边笑着，一边又从水缸里舀水洗那口空着的铁锅，一连洗了三遍。

不一会，那男人拎着满满一篮红薯和芋头回来了，并且已经在山溪中洗得干干净净。她把红薯和芋头倒进锅里，坐到灶背后烧起火来，他不知又到哪里去了。

小木屋里静下来，只有门外的哗啦哗啦的林涛和灶膛里哔剥哔剥的柴火，一起一落地在耳畔响着，协奏出一首奇妙的曲子。我喝着茶，打量着小木屋里的一切：简朴而结实的桌、椅、橱；门背后各种各样的农具；一架亮晶晶的半导体收音机，挂在一张毛茸茸的兽皮边上……这山里的农户，真有点世外桃源的味儿了。

红薯和芋头馋人的香味在小木屋里飘漾起来。"吃吧，爱吃多少就吃多少，只是别嫌粗糙啦。"她把一大盆冒着热气的红薯、芋头放到我面前。

哦，红薯和芋头，竟是那么香，那么甜，不仅抚慰了我的饥肠，也驱除了我的疲乏。这是我一生中最美的午餐之一！

她坐在一边，快活地笑着看我狼吞虎咽，手中，不停地打着一件鲜红的毛衣，毛衣不大，像是给孩子穿的。

"你有几个孩子？"

"有两个女儿，到山外读书去了，一个上小学，一个念中学，都寄宿在学校里。我想让她们将来都上大学呢！现在山里人富了，什么也不愁，就指望孩子们有出息。"她笑着回答，语气是颇为自豪的。这小木屋里，也有着和山外世界同样的憧憬和向往……

吃饱了，歇够了，该继续赶路了。我掏出一些钱给她。

"钱？"她又笑了，"这儿不是商店，快放回你的口袋里吧。如果不忘记山里的人，以后再来！"我的脸红了，也不知是为了什么，也许是为了这城里人的习惯……

起身走时，我发现背包变得沉甸甸的，打开一看，竟塞满了黄澄澄的橘子！是他，原来刚去了橘林。"都是自家种的，带着路上解解渴。"他在一边腼腆地笑着，声音很轻，却诚恳。

我走了。她和他并肩站在门口，不停地向我挥手。

"再来啊！"他们的声音在山坳里回荡……

走远了，小木屋消失在绿色的林涛之中，只有那一缕炊烟，依然优美地在天上飘……再来，也许永远没有机会了，然而我再也不会忘记武夷山中的这一缕炊烟，炊烟下，并没有什么动心夺魄的传奇故事，却有真诚，有纯朴，有人间最香甜的美餐……

冰霜花

一

你从南国来信,要我描绘北方寒冷的景象,这使我为难了。在地图上,我们这个城市是在中国的南北之间,冬天,远不如东北寒冷,比起你们花城,自然冷多了,凛冽的北风,也能刺人骨髓。然而很难告诉你,什么是这里冬天的特征。你想象中的冰天雪地,这里没有。对了,有一个很有趣的现象,值得向你描绘一下。

早晨醒来,我的窗上总是结满了晶莹的冰霜。这是一些奇妙的花儿,大大小小,姿态各异:有六个瓣儿的,像一朵朵被放大了的雪花;有不规则的,无数长长短短呈辐射状的花瓣布满了玻璃窗格。仿佛有一个身怀绝技的雕刻大师,每天晚上，都在窗上精心雕刻出新鲜的花样，使我一睁开眼睛，就得到一种美的享受，就感受到大自然和生活的多姿多彩……

　　大自然的创造，是人工所无法模拟的。窗上的这些冰霜花，实在是一个奇迹，每天出现，却绝不重复，千奇百怪，翻不尽的花样。看着它们，我总是感到自己的想象力太贫乏。它们似乎像世上所有的花儿，又似乎全都不像，于是，我想到了天女的花篮，想到了海底的水晶宫……如果是画家，他一定会从这些晶莹而又变化无穷的花纹中得到许多灵感和启示的。而我却只有惊叹，只有一些飘忽迷离的想入非非。我觉得它们是一朵朵有生命的花，是一首首无比精妙的诗……

二

　　太阳出来后，窗上的冰霜花便会渐渐融化，使窗户变得一片模糊，再也没有什么动人之处了。所以我有时竟希望太阳稍稍迟一些出来，能使这些晶莹的花儿多保留一些时候，让我多看几眼，多驰骋一会儿想象。

　　这些美妙的小花，只和寒冷做伴。我刚才说的那个雕刻大师，就是它——寒冷，呼啸的北风是它的雕刻刀。在人们诅咒着严寒的时候，它却悄悄地、不动声色地完成了它举世无双的杰作。大概很少有人看见过冰霜花开放的过程，这也许可以算一个秘密，只有风儿知道，只有水珠儿知道。当那些游荡在温暖的屋子里的水汽，在窗上凝结成小水珠时，窗外的寒流便赶来开始了它的雕刻。对小水珠儿来说，这种雕刻，可能是一场痛苦的煎熬，是一次生死的搏斗——柔弱而纯洁的小生命，面对强大的寒流，顽强地坚守着自己的营地，勇敢地抗争着。寒流终于无法消灭这些颤动的小生命，只是使它们凝固在玻璃上，成了一朵朵亮晶晶的花儿。

能不能说，冰霜花，是一场搏斗的速写，是一群弱小生命的美丽庄严的宣言呢？你可能会笑我牵强附会。但我从这些开放在严寒之中的小花儿身上，悟出了一个道理：美，常常是在艰难和搏斗中形成的。

三

是的，严寒为世界带来了灾难，却也造就了美。假如你看到被雪花覆盖的洁净辽阔的田野，看到北方人用巨大的冰块镂刻出千姿百态的冰雕冰灯，你一定会惊喜得说不出话来。而冰霜花，似乎是把严寒所创造的美全部凝集在它们那沉静而又精致的形象之中了。面对着它们，你也许再也不会诅咒寒冷。看着窗上的冰霜花，我也曾经想起南国的那些花，那些在炎阳和热风中优雅而又坦然地绽开的奇葩：凤凰花、茉莉花、白兰花、美人蕉、米兰……以及许多我从未曾有机会见识的南国花卉。在难耐的酷暑中，它们微笑着，轻轻地吐出清幽的芳馨。我想，它们，和这里的冰霜花似乎有着共同的性格，一个在严寒中形成，一个在高温下吐苞，都曾经历了艰难、痛苦和搏斗，却一样地美丽，一样地使人赏心悦目。无论在北方还是在南方，我们的周围，总是有一些美好的东西在默默地生长着，不管世界对它们多么严酷。也许，正是因为形成在严酷之中，这些美，才不平庸，不俗气，才会有非同一般的魅力。

四

你看，我扯得远了。还是回到我要向你描绘的冰霜花上来吧。

然而遗憾得很，暖洋洋的阳光已经流进了我的屋子。窗上的冰霜花早已融化了，像一行行泪水，在玻璃上无声无息地流淌，仿佛是因为失去了它们的美而悲哀地哭泣着。不错，冰霜花，毕竟不能算真正的花，看着玻璃窗上那一片朦胧的水雾，我心中不禁有几分怅然。不过，到明天清晨，它们一定又会悄悄开放在我的窗上，向我展现它们那全新的容颜。

蝈 蝈

窗台上挂起一只拳头大小的竹笼子。一只翠绿色的蝈蝈在笼子里不安地爬动着,两根又细又长的触须不时从竹笼的小圆孔里伸出来,可怜巴巴地摇晃几下,仿佛在呼唤、祈求着什么。

"怪了,它怎么不肯叫呢?买的时候还叫得起劲。真怪了……"一位白发老人凑近蝈蝈笼子看了半天,嘴里在自言自语。

老人的孙子和孙女,两个不满八岁的孩子,也趴在窗台上看新鲜。

"它不肯叫,准是怕生。"小女孩说。

"把它关在笼子里,它生气呢!"

小男孩说着,伸出小手去摘蝈蝈笼子。

"小囡家,别瞎说!"老人把笼子挂到小孙子摘不到的地方,然后又说,"别着急,它一定会叫的!"

整整一天,蝈蝈无声无息。两个孩子也差点把它忘了。

第二天,老人从菜篮里拿出一只鲜红的尖头红辣椒,撕成细丝塞进小竹笼里。"吃了辣椒,它就会叫的。"他很自信。两个孩子又来了兴趣,趴在窗台上看蝈蝈怎样慢慢把一丝丝红辣椒吃进肚子里去。

整个白天,蝈蝈还是没有吱声,只是不再在小笼子里爬上爬下。夜深人静的时候,蝈蝈突然叫起来,那叫声又清脆又响亮,把屋里所有的人都叫醒了。

"听见了吗?它叫了,多好听!"老人很有点得意。

两个孩子睡眼蒙眬,可还是高兴得手舞足蹈,把床板蹬得咚咚直响。

蝈蝈一叫就再也没有停下来,从早到晚,不知疲倦地叫,叫……它不停地用那清脆洪亮的声音向这一家人宣告它的存在。很快,他们就习以为常了。蝈蝈的叫声仿佛成了这个家庭的一部分。

蝈蝈的叫声毕竟太响了一点。在一个闷热得难以入睡的夜晚,屋子里终于发出了怨言:

"烦死了,真拿它没办法!"说话的是孩子的父亲。

"爸爸,蝈蝈为什么不停地叫呢?"

男孩问了一句,可大人们谁也不回答,于是两个孩子自问自答了。

"它大概也热得睡不着,所以叫。"

"不!它是在哭呢!关在笼子里多难受,它在哭呢!"

大人们静静地听着两个孩子的议论,只有白发老人用只有自己能听见的声音叹息了一声……

早晨醒来时,听不见蝈蝈的叫声了。两个孩子趴在窗台上一看,小笼子还挂在那儿,可里面的蝈蝈不见了。小笼子上有一个整齐的口子,像是用剪刀剪的。

"它咬破了笼子,逃走了。"老人看着窗外,自言自语地说。

望 月

　　船舱里突然亮起来，一缕银白色的光芒，从开着的窗口里幽然射入，在小小的舱房里无声无息地飘，飘……

　　是月亮出来了！入睡以前，天空是黑沉沉的，浩瀚的天幕墨海一般倒悬在头顶，没有一颗星星。辽阔的长江从漆黑的远天中奔泻下来，只听见江水浑厚沉重的叹息声……

　　我搬一把椅子，悄悄地走到甲板上坐下来。夜深人静，甲板上没有第二个人，只有我的影子，长长的，黑黝黝地拖在我身后的舱壁上。

　　月亮是出来了。不知在什么时候，它挣脱了云层的封锁，灿然跃现在天幕中，骄傲而又安详地吐洒着它的清辉。这是一个残缺的月亮——就像开在天上的一扇又圆又亮的窗户，窗户的右上角被一方黑色的窗帘遮着；又像是一个寒光闪烁的冰球,球体的一部分已经开始融化……

月亮改变了夜天的形象。云层在它的四周逐渐溃散着,消失着,不可思议地融化在它清澈晶莹的光芒中,只留下一层透明无形的轻绡,若有若无地在它们面前飘来飘去,形成一圈虹彩似的光晕。星星们也一颗一颗跳出来了。漆黑的夜天变成了深蓝色,那是一片孕育着珠贝珍宝的神奇的海……

月光洒落在长江里,江面被照亮了,流动的江水中,有千点万点晶莹闪烁的光斑在跳动。很多不规则的波纹,在水面起伏着变幻着,仿佛是无数神秘的符号。江两岸,芦荡、树林和山峰的黑色剪影,在江天交界处隐隐约约地伸展起伏着,月光为它们镀上了一层银子的花边……

偶然回头时,竟发现身边多了一个人。这是跟随我出来旅行的小外甥,刚才明明还睡得很香,此刻居然也已经搬着一把椅子坐到了甲板上。

"是月亮把我叫醒了。"小外甥调皮地朝我眨了眨眼睛,又仰起头凝望着天上的月亮出神了。不知道他在想什么。小外甥是五年级小学生,聪明好学,爱幻想,和他交谈是一件很愉快的事情,他常常用许多问题逼得我走投无路。

"我们来背诗好吗?写月亮的,我一首你一首。"小外甥向我挑战了。写月亮的诗多如繁星,他眼睛一眨就是一首。

他背:"床前明月光,疑是地上霜……"

我回他:"明月几时有,把酒问青天……"

他背:"月上柳梢头,人约黄昏后……"

我回他:"海上生明月,天涯共此时……"

他背:"……天阶夜色凉如水,卧看牵牛织女星。"

我回他:"……嫦娥应悔偷灵药,碧海青天夜夜心。"

…………

诗,和月光一起,沐浴着我们,笼罩着我们,使我们沉醉在清幽旷远的气氛中。小外甥在自己小小的诗歌库藏中搜索着,不知是山穷水尽了,还是背得有些腻烦了,他突然中止了挑战,冒出一个问题来:

"你说,月亮像什么?"

他瞪大眼睛等我的回答,两个乌黑的瞳仁里,各有一个亮晶晶的小月亮闪闪发光。

"你呢?你觉得月亮像什么?"

"像眼睛,独眼龙,老天爷的一只眼睛。"小外甥几乎不假思索地回答。

他的比喻使我愣了一愣。于是我又问:"你说说,这是一只什么样的眼睛?"

小外甥想了一会儿,说:"这是一只孤独的眼睛,它用冷淡的眼光凝视着大地。别看它冷淡得很,其实很喜欢看我们的大地,所以每一次闭上了,又忍不住偷偷睁开,每个月都要圆圆地睁大一次……"他绘声绘色地说着,仿佛在讲一个现成的童话故事。

而我，却交了一次白卷。因为我觉得自己的想象力远不如小外甥。

　　"你听过贝多芬的《月光曲》吗？"小外甥的思路像月光一样飘飞着，他又想到了音乐。"我们的语文课本里，有一篇文章就是讲《月光曲》的，我能背下来。你要不要听？"

　　他大声背诵起来，清脆的声音在月光下回荡，那么清晰：

　　"……一阵风把蜡烛吹灭了。月光照进窗子来，茅屋里的一切好像披上了银纱，显得格外清幽。贝多芬望了望站在他身旁的兄妹俩，借着清幽的月光，按起了琴键。

　　"皮鞋匠静静地听着。他好像面对着大海，月亮正从水天相接的地方升起来。微波粼粼的海面上，霎时间洒遍了银光。月亮越升越高，穿过一缕一缕轻纱似的微云。忽然，海面上刮起了大风，卷起了巨浪。被月光照得雪亮的浪花，一个连一个朝向岸边涌过来……皮鞋匠看看妹妹，月光正照在她那恬静的脸上，照着她睁得大大的眼睛。她仿佛也看到了，看到了她从来没有看到过的景象，月光照耀下的波涛汹涌的大海……"

　　在小外甥的朗诵里，我的耳边分明响起了琴声，琴声如月光，琴声如月下流水……这是一个发生在月光中的动人的故事，伟大的贝多芬在这个故事里写出了不朽的《月光曲》，他把月光化成了美丽的琴声。从此，在那些没有月亮的黑夜里,他的琴声宁静而又忧伤地向人们描绘着莹洁清澈的月光,这月光永远不会消失。

天边那些淡淡的云絮在不知不觉中聚集起来,变得密集、沉重,一会儿,月光就被云层封锁了。天空又突然黝黑深涩起来,只有离月亮很远的地方还闪烁着几颗星星。

"月亮困了,睁不开眼睛了。"小外甥打了个呵欠,摇摇晃晃走回舱里去了。

甲板上又只留下我一个人。我久久凝视着月亮消失的地方,那里有一片隐隐约约的亮光。是的,这亮光是蕴涵无穷的,这是诗和音乐的泉眼,它使我焕发了童心,轻轻地展开了幻想的翅膀……

三峡船夫曲

　　谁也无法用一句话概括三峡水流的特点。浩浩荡荡的长江挤进窄窄的夔门之后,脾气便变得暴躁、凶险、喜怒无常、不可捉摸了。你看那混浊湍急的流水,时而惊涛迭起,时而浪花飞卷,时而一泻千里如狂奔的野马群,时而又在峡壁和礁石间急速地迂回,发出声震峡谷的呐喊。有时候,水面波浪突然消失了,像绷得紧紧的鼓皮,然而这绝不是平静的表征,在这层鼓皮之下,潜伏着危险的暗礁和急流。而最多、最可怕的,是漩涡,像无数大大小小的眼睛在起伏的江面上滴溜溜地打转,到处都闪烁着它们那险恶的不怀好意的目光……

　　你想想那些三峡船夫吧,驾着一叶扁舟,靠手中的竹篙、木桨,要征服狂暴不羁的江水,那该是何等惊心动魄的景象。其惊险的程度，绝不亚于在黄河上驾羊皮筏子，不亚于在大渡河的急流中放木排。

第一次见到三峡中的船夫是在水流湍急的西陵峡，那是一条摆渡船，尽管距离很远，看不真切，但那拼命搏斗的紧张气氛，还是强烈地震撼了我的心。小船横在江中，看上去那么小，小得就像一片枯叶、一根稻草，似乎每一个浪头都能吞没它。船上一前一后两个船工，每人操一支桨，一个在右，一个在左，拼命地划着。只见他们身体前倾，像两把坚韧的强弓，两支桨齐刷刷地落下去，飞起来，落下去，飞起来，仿佛一对有力的翅膀，不断地拍打着波涛滚滚的江面，在气势磅礴的峡江中，他们的翅膀是太微不足道了，随时都有折断的可能，他们能飞过去吗？然而我的担心多余了，没等我们的轮船靠近，小木船已经到了对岸……

在巫峡，遇到一只顺流而下的小筏子，那情景更是惊心动魄。小筏子远远出现了，像一只小小的黑甲虫，急匆匆地、慌里慌张地贴着江面爬过来——说它急匆匆，是因为它速度极快；说它慌里慌张，是因为它走得毫无规律，一忽儿左，一忽儿右，常常莫名其妙地拐弯绕圈子。很快就看清楚了，小筏子上头，稳稳地站着一位手持长篙的船夫，船中端坐着六位乘客，船尾还有一位船夫，一手扶一把既像橹又像舵的尾桨，一手掌一支木桨。小筏子在急流和波谷浪山中灵巧地滑行，时而从浪的缝隙中穿过，时而又攀上高高的潮头。真是冒险啊，这单薄的可怜的小筏子，在急流中箭一般冲下来，根本无法停住，随时都可能撞碎在峡壁礁滩上，随时都可能卷入接连不断的漩涡中，随时都可能被大山一般的浪峰一口吞没，被巨剑一般的急流拦腰砍断……船夫却镇静得如履平地。那位在船头手持长篙的船夫纹丝不动地站着，像跃马横枪，率领着万千兵马冲锋陷阵的大将军，又像剽悍勇猛的牧人，扬鞭策马，驱赶着一大群狂奔狂啸的黄色野马。野马群发狂般地撞他、挤他、踢他、咬他，想把他从坐骑上拉下来，然而终于无法得逞。有时候，飞速前进的小筏子眼看要撞到凸出的峡岩上，只见他挥舞竹篙奋力一点，小筏子便轻轻一转，转危为安。船尾那位船夫要忙一些，他不时划动双桨，巧妙地改换着前进的方向，在变化无穷的急流中觅得一条安全的航线。而那六位船中的乘客，一个个正襟危坐，一动不敢动。我看不清他们的表情，但我能想见他们脸上惊慌的神色。在航行中，他们是不许有任何动作的，任何微小的颠动，都可能使小筏子因为失去平衡而倾覆。如果遇到不安分的乘客在舱里乱动，船夫的竹篙会狠狠地当头打来，打得头破血流也是活该。倘若你不服，继续捣乱，船夫就要大喝一声，毫不留情地用竹篙把你戳下水去，这是捏着性命在凶恶的急流中搏斗啊！

　　小筏子在轰隆隆的水声中一晃而过，很快就消失在峡谷的拐弯处。我凝视着起伏不平的江面，一遍又一遍回想着船夫在万般艰险中镇定自若的姿态，心里怎么也平静不下来。无数漩涡在小筏子经过的航道上打着转转，这些永远不会安然闭上的不怀好意的眼睛，似乎正在狡猾地眨动着，还在用谁也无法听懂的语言描绘着水底下的秘密。哦，只有三峡船夫懂得这些语言！我知道，在三峡中行船，除了勇敢，除了沉着，最关键的，还是对航道和水流的熟悉。据说，在三峡驾驭小筏子的船夫，对水底的每一块礁石、每一片浅滩，都是了如指掌。为了摸清水底的状况，为了在极其复杂的急流中寻到一条能被小木船通过的安全之路，一定有不计其数的船夫付出了生命的代价！

西陵峡有一块巨大的礁石，兀立在滚滚急流中，奔泻的江水整天凶狠地拍打着它，飞溅起漫天雪浪，小船如果撞上去，非粉身碎骨不可。这礁石有一个奇怪的名字："对我来"。当浪花散开后，人们就会看到"对我来"三个大字，触目惊心地刻在这块礁石上，这礁石周围的水流险恶而奇特，小船从它身旁经过时，倘若想绕开它，结果总是适得其反，船儿会不可阻挡地向礁石一头撞去，撞得船碎人亡。如果顺急流迎面向礁石冲去，不要躲避它，不要害怕它，船到礁石前，却能顺利地拐个弯从旁边擦过去。不过，这千钧一发的险象，懦夫是绝对不敢经历的，只有三峡船夫们才敢驾着轻舟勇敢地向扑面而来的浪中礁石冲去。"对我来"这三个字，一定是无数船夫用生命换来的经验。也许，可以这样说，小木船在三峡急流中那些曲折而又惊险的航道，是船夫们用智慧、用勇气、用尸骨一米米开拓出来的!

对三峡船夫来说，最为可怕的，大概莫过于暴风雨和洪峰了。突然袭来的暴风雨，能把江面搅得天翻地覆，在被暴风雨鞭打着的惊涛骇浪之中，小舟子是很难掌握自己的命运的，如果来不及靠岸躲避，便有可能在暴风雨中葬身江底。假如遇上洪峰，那几乎是无法逃脱的，几丈高的洪峰，像一堵巍巍高墙从上游呼啸着压下来，没有任何东西能够抗拒它、阻挡它，它是船夫们冷酷无情的死神。然而，奇迹并不是没有发生过，曾经有一些技术高超、勇气过人的船夫，在洪峰扑近的刹那间，驾着小舟瞅准浪的缝隙飞上高高的洪峰之巅，硬是从死神的头顶越了过去……当然，这些都是旧话了，随着科学技术的发展，天气预报和水情预报越来越准确，三峡船夫们再也不会去冒这种风险了。

船近神女峰时，所有人都仰头看那位在云里雾里默默地站了千年万年的神女，然而山顶上云飞雾绕，什么也看不清。正在遗憾的时候，突然有人对着前方的江面大叫起来：

"看!小船!女的!"

神女峰下，一只两头尖尖的小筏子正在急流中过江，划船的是一位身穿粉红色衬衫的少女，只见她右手划桨，左手掌舵，不慌不忙地向对岸划着，那悠然而又优美的姿态，使所有目击者都惊呆了——这也是三峡船夫吗?这也是在险恶的峡江中拼命搏斗的勇士吗？然而怀疑是可笑的，小筏子在神女峰对面的一片石滩上靠岸了，划船的少女站在一块白色的石岩上，有力地向我们的轮船挥了挥手……

挥一挥手，挥一挥手，向勇敢的三峡船夫挥一挥手吧，但愿他们能在我的挥手之中感受到我的钦佩和敬意。是的，我从心底里深深地向三峡的船夫们致敬，他们，不仅征服了狂放不羁的长江三峡，而且把人类和大自然那种惊心动魄的搏斗，化成了优美的诗篇。他们是真正的诗人。

晨昏诺日朗

落日的余晖淡淡地从薄云中流出来，洒在起伏的山脊上。在金红色的光芒中，山脊上那些松树的轮廓晶莹剔透，仿佛是宝石和珊瑚的雕塑。眼帘中的这种画面，幽远宁静，像一幅辉煌静止的油画。

汽车在无人的公路上疾驶，我的目标是诺日朗瀑布。路旁的树林里突然飘出流水的声音。开始声音不大，如同一种气韵悠长的叹息，从极遥远的地方飘过来。声音渐渐响起来，先是如急雨打在树叶上，嘈杂而清脆，继而如狂风卷过树林时发出的呼啸。很快，这响声便发展成震天撼地的轰鸣，给人的感觉是路边的丛林中正奔跑着千军万马，人马的呐喊和嘶鸣从林谷中冲天而起，在空气中扩散、弥漫，笼罩了暮色中的天空和山林……

绿荫中白光一闪,又一闪。看见了大瀑布!

从车上下来,站在路边,远处的诺日朗瀑布浩浩荡荡地袒露在我的眼底。大瀑布离公路不到一百米,瀑布从一片绿色的灌木丛中流出来,突然跌入深谷,形成一缕缕雪白的水帘,千姿百态地垂挂在宽阔的绝壁前,深谷中则飞扬起一片飘忽的水雾。也许是想象中的诺日朗太雄伟,眼前这瀑布,宽则宽矣,然而那些飘然而下的水帘显得有些单薄,有些柔美,似乎缺乏了一些壮阔的气势。只有那水的轰鸣,和我的想象吻合。那震撼天地的声响,是水流在峭壁和岩石上撞击出的音乐。这音乐雄浑、粗犷,带着奔放不羁的野性,无拘无束地在山林里荡漾回旋。

诺日朗,在藏语中是雄性的意思。当地藏民把这瀑布称之为诺日朗,大概是以此来象征男子汉的雄健和激情。人世间有这样永远倾泻不尽的激情吗?很想沿着林中的小路走近诺日朗,然而暮色已重,四周的一切都昏暗起来。远处的瀑布有些模糊了,在轰鸣不绝的水声中,在水雾弥漫的幽暗中,那一缕缕白森森飘动的水帘显得朦胧而神秘,使人感到不可亲近……晚上,住在诺日朗宾馆。躺在床上无法入睡,窗外飘来各种各样的声音,有风吹树叶的沙沙声,有山涧流水的哗哗声,有秋虫优美的鸣唱……我想在这一片天籁中分辨出诺日朗瀑布的咆哮,却难以如愿。大瀑布那震天撼地的声音为什么传不过来?也许是风向不对吧。

第二天清早，天刚微亮，群山和林海还在晨雾的笼罩之中，我便匆匆起床，一个人徒步去诺日朗。路上出奇地静，只有轻纱似的雾气，若有若无地在飘。忽听背后嘚嘚有声，回头一看，是两匹马，一匹雪白，一匹乌黑，正悠然自得地向我走过来。这大概是当地藏民养的马，但却不见牧马人。两匹马行走的方向也是往诺日朗。我和它们并肩而行时，相距不过一米。两匹马并没有因为遇见生人而慌乱，目不斜视，依然沉静而平稳地踱步，姿态是那么优雅，仿佛是飘游在晨雾中的一片白云和一片黑云。到诺日朗瀑布时，两匹马没有停步，也没有侧目，仍旧走它们的路。我在轰鸣的水声中目送两匹马飘然远去，视野中的感觉奇妙如梦幻。

诺日朗又一次袒露在我的眼前。和夕照中的瀑布相比，晨雾中的诺日朗显得更加阔大，更加雄浑神奇。瀑布后面的群山此刻还隐隐约约藏在飘忽的云雾之中，千丝万缕的水帘仿佛是从云雾中喷涌倾泻出来，又像是从地底下腾空而起的无数条白龙，龙头已经钻进云雾，龙身和龙尾却留在空中，一刻不停拍打着悬崖峭壁……

沿着湿漉漉的林间小道，我一步一步走近诺日朗。随着和大瀑布之间的距离不断缩短，那轰鸣的水声也越来越大，迎面飘来的水雾也越来越浓。等走到瀑布跟前时，头发、脸和衣服都湿了。这时抬头仰观大瀑布，才真正领略到了那惊天动地的气势。云雾迷蒙的天上，仿佛裂开了一道巨大的豁口,天水从豁口中汹涌而下,洋洋洒洒,一落千丈,在山谷中激起飞扬的水花和震耳欲聋的回声。此时诺日朗的形象和声音,融合成一个气势磅礴的整体。站在这样的大瀑布面前,感觉自己只是漫天飘漾的水雾中的一颗微粒。我想起许多年前在雁荡山看瀑布时的情景,站在著名的大龙湫瀑布跟前,产生的联想是在看一条巨龙被钉在崖壁上挣扎。此刻,却是群龙飞舞,自由的水之精灵在宁静的山谷中合唱出一曲震撼天地的壮歌,使人的灵魂为之战栗。面对这雄浑博大、激情横溢的自然奇景,人是多么渺小,多么驯顺!

然而大瀑布跟前实在不是久留之地,因为空气中充满浓密的水雾,使人难以呼吸。赶紧往后退,退入林间小道。走出一段路再往后看,诺日朗竟然面目一新:奔泻的瀑布中,闪射出千万道金红色的光芒,这是从对面山上射过来的早霞。飘忽的水雾又把这些光芒糅合在一起,缤纷迷眩地飞扬、升腾,形成一种神话般的气氛……这时,远处的山路上传来欢跃的人声。是早起的游人赶来看瀑布了。

上午坐车上山时,绕过诺日朗背后的山坡,只见三面青山环抱着一大片碧绿的湖水,平静的湖水如同一块硕大无朋的翡翠,绿得透明而深邃,使人怀疑这究竟是不是水。当地的藏民把这样的高山湖泊称为"海子"。陪我来的朋友指着一湖碧水,不动声色地告诉我:"这就是诺日朗。"

这就是诺日朗?实在难以把这一片止水和奔腾咆哮的大

瀑布联系在一起。朋友说的却是事实。三面环山的海子有一面是长长的缺口,这正是大瀑布跌落深谷的跳台,也就是我在谷底仰望诺日朗时看到的那道云雾天外的豁口。走近海子,我发现清澈见底的湖水正在缓缓流动,方向当然是那一道巨大的豁口。这汇集自千峰万壑的高山流水,虽然沉静一时,却终究难改奔腾活泼的性格。诺日朗瀑布,正是压抑后的一次爆发和喷泻。只要这看似沉静的压抑还在,诺日朗的激情便永远不会消退。

与象共舞

在泰国,如果你在公路边或者树林里遇到大象,那是一件很自然的事。不必惊奇,也不必惊慌,大象对人群已经熟视无睹,它会对着你摇一摇它那对蒲扇般的大耳朵,不慌不忙地继续走它自己的路,一副悠闲沉着的样子。

象是泰国的国宝。这个国家最初的发展和兴盛,和象有着密切的关系。大象曾经驮着武士冲锋陷阵,攻城守垒;曾经以一当十、以一抵百地为泰国人做工服役。被驯服的大象走出丛林的那一天,也许就是当地生产、生活发生较大变化的日子。泰国人对大象存有亲切的感情,一点儿不奇怪。

在国内看大象,都是在动物园里远观,人和象离得很远。在泰国,人和象之间没有距离。很多次,我和象站在一起,象的耳朵拍到了我的肩膀,象的鼻息喷到了我的身上。

起初我有些紧张，但看到周围那些平静坦然的泰国人，神经也就松弛了。在很近的距离看大象，我发现，象的表情非常平静。那对眼睛相对它的大脑袋，显得极小，目光却晶莹温和。和这样的目光相对，你紧张的心情自然就会松弛下来。

据说象是一种聪明而有灵气的动物。在泰国，大象用它们的行动证实了这种说法。在城市里看到的大象，多半是一些会表演节目的动物演员。在人的训练下，它们会踢球，会倒立，会用可笑的姿态行礼谢幕。最有意思的是大象为人做按摩。成排的人躺在地上，大象慢慢地从人丛里走过去，它们小心翼翼地在人与人之间寻找落脚点，每经过一个人，都会伸出粗壮的脚，在他们的身上轻轻地抚弄一番，有时也会用鼻子给人按摩。有趣的是，它偶尔也会和人开开玩笑。有一次，我看到一头象用鼻子把一位女士的皮鞋脱下来，然后卷着皮鞋悠然而去，把那位躺在地上的女士急得哇哇乱叫。脱皮鞋的大象一点儿也不理会女士的喊叫，用鼻子挥舞着皮鞋，绕着围观的人群转了一圈，才不慌不忙地回到那位女士身边，把皮鞋还给了她。那位女士又惊奇又尴尬，只见大象面对着她，行了一个屈膝礼，好像是在道歉。那庞大的身躯，屈膝点头时竟然优雅得像一个彬彬有礼的绅士。

最使我难以忘怀的，是看大象跳舞。那是在芭堤雅的东巴公园，一群大象为人们表演。表演的尾声，也是最高潮，在欢乐的音乐声中，象群翩翩起舞，观众都拥到了宽阔的场地上，人群和象群混杂在一起舞之蹈之，热烈的气氛感染了在场的每一个人。舞蹈的大象，没有一点儿笨重的感觉，它们随着音乐的节奏摇头晃脑，踮脚抬腿，前后左右颠动着身子，长长的鼻子在空中挥舞。毫无疑问，它们和人一样，陶醉在音乐之中了。这时，它们的表情仿佛也是快乐的。我想，如果大象会笑，此刻所展示的便是它们独特的笑。

鹰之死

天是深蓝色的。坐飞机飞越太平洋时俯瞰地面,大海就是这种深蓝色,这无边无际的蓝色深沉得令人心头发颤发眩,想不出用什么词汇来形容它描绘它。只是由此联想到世界的浩瀚,想到宇宙的无穷,想到无穷之中包藏着不可思议的内涵。也由此联想到人和生命的渺小,在这广漠辽远的天地之间,生命不过是轻扬微尘……

微尘,芝麻大的一个黑点,出现在深蓝色的天空中,乍看似乎凝滞不动,仿佛钉在天幕中的一枚小钉。仔细观察,才发现黑点在动,像是滑行在茫茫大洋中的一叶小舟。

"鹰。"

墨西哥向导久久凝视着天上的黑点,轻轻地告诉我。那对栗色的眼睛里,闪动着虔敬神往的光芒。

"鹰。"

墨西哥向导追踪着天上的黑点,嘴里又一次发出低声的呼唤。

这是在墨西哥南方的尤卡坦平原上,我们的汽车在墨绿色的丛林中穿行,高飞在天的孤鹰把我的目光拽离地面拉向天空。鹰,是墨西哥的国鸟,在那面绿白相间的墨西哥国旗中央,就有雄鹰展翅的图案,这是墨西哥人心目中的神鸟、吉祥鸟,它是勇敢和自由的象征。

鹰的形象逐渐清晰起来,宽大的翅膀张开着,也不见振动,只是稳稳地滑翔,忽而俯冲,忽而上升,矫健的身影沉着而又潇洒地展现在深蓝色的天空上,那深邃无垠的苍穹便是它自由自在的王国。它是遥远的,也是孤傲的,人无法接近它。

这时,我们的汽车驶进了一片墓地。浓密的树荫遮蔽了天空,鹰消失了。迎面而来的是玛雅人的坟墓。坟墓形形色色,色彩缤纷得叫人眼花缭乱。形状各异的墓碑和棺椁上绘满了鲜艳的花纹和图案,有些坟墓索性被堆砌成宫殿和摩天大楼的模型。连大楼上的窗户、壁饰和霓虹广告也被精心描绘了出来。远远看去,这墓地就像是一座被缩小了的现代化都市。在人迹稀少的丛林中突然出现这样一座缤纷却又寂然无声的微型都市,感觉是奇妙的,一种神秘的气氛顿时笼罩了我的思绪。玛雅人,这个古老奇特的民族,竟用了这么多的颜色来装点死者的坟墓,我不知道这是一种古老传统的延续,还是现代玛雅人的创造。死者是没有知觉的,一切坟墓以及它们的色彩和装饰都是出于活人的需要,为了向人们显示死者家族的高贵和富裕,为了让人们记住死者生前的功德和地位……反正,安卧在坟墓中静静腐烂的死者是什么也不会知道的,不管你是显赫的要人还是卑微的贫民,一抔黄土掩面,余下的事情便是被泥土同化,人人难逃此劫。我想,假如死者有知觉的话,压在他身上的碑石还是轻一些、简朴一些为好……

正胡思乱想着,汽车又来到了宽阔的公路上,天空依然是那么深邃那么蓝,几缕纹状白云在天边飘浮,如同远远而来的几线潮峰。鹰还在天上盘旋,它不慌不忙地飞,悠然沉稳地飞,看不出它飞行的轨迹。这高飞的孤鹰,似乎正在执着地寻找着什么,追求着什么。它的归宿在哪里呢?

鹰的归宿当然也是死!

鹰是如何死去的呢?

鹰也有坟墓吗?

也许是刚从墓地出来的缘故,闪现在我脑海中的问题,居然都是死和坟墓。鹰啊,你高高地飞在天上,你是不会回答我的。

记起在四川坐船经过雄奇的瞿塘峡的时候,一位在山中长大的诗人曾指着峻峭的绝壁告诉我:"最悲壮的是鹰的死。当一只老鹰知道自己死期将近时，便悄悄飞到绝壁上，在一个永远也不会被人发现的岩洞中躲起来，默默地死去。人们无法找到鹰的尸骨。这渴望自由的生命，即便死了，也不愿意被牢笼囚禁。假如灵魂不灭的话，坟墓也真可以算是另一种牢笼呢！"

也记起在新疆的大戈壁滩上旅行的时候，一位塔吉克猎人为我吹奏的鹰笛。这是用鹰翅骨制成的短笛，那高亢、尖厉、急促的笛音仿佛来自天外云中，来自极其遥远的另外一个世界。无论是欢快激越的曲子还是徐缓抒情的曲子，笛音中总是流溢出深深的凄怨，流溢出言语难以解释的哀伤。塔吉克猎人说："鹰是神鸟，它是属于天空的。鹰死在什么地方，人的眼睛永远看不见。"我问："那么，你手中的鹰笛是怎么来的？"猎人一笑，答道："用枪打的。这可不是猎杀鹰啊！取鹰骨制笛是为了把鹰的精神和形象留在人间。猎鹰是一件极严肃的事情，只有那些衰老的或者病危的鹰才能被打下来取鹰骨，而且必须经过有权威的老猎人鉴定。随意猎杀鹰，天理不容！"至于鹰的自然死亡是如何情状，猎人一无所知，只能在高亢凄厉的鹰笛声中由自己想象了。鹰笛的旋律飘忽不定，鹰的形象就在这飘忽不定的旋律中时隐时现，这是一只生命垂危的老鹰，正展开羽毛不全的黑色翅膀，顽强地做着最后的翱翔。它苦苦地寻找着自己的归宿，然后将归宿隐匿在冥冥之中……

最惊心动魄的，是一位来自西藏的作家的叙述。这位作家有一个当天葬师的年轻的藏族朋友，他曾多次上天葬台看天葬，看天葬师肢解尸体，将尸体捣碎用酥油糌粑搅拌后喂鹰群。那一群专食尸肉的鹰，因为不必费工夫觅食，再不飞离山巅，只是在天葬台附近懒洋洋地徘徊。久而久之，这些鹰的形状发生了变化，它们身上的羽毛脱落了，肥胖的身躯犹如蹒跚的绵羊，一对翅膀再也无法托起沉重的身体飞入高空，它们变成了一群不会飞的鹰。只有那锋利的钩嘴、炯炯的亮眼和粗壮有力的脚爪，仍能表现它们是强悍凶猛的鹰类。在藏族人的心目中，这是天上的神鹰，它们是神圣不可侵犯的。谁也没有发现过这些神鹰的尸体。这些鹰，难道长生不死？年轻的天葬师产生了难以抑制的好奇心，他开始悄悄地观察那群老在他身边踱来踱去等待食物的鹰。终于发现秘密了——一只老鹰垂死了，它离开了群鹰，独自在一块岩石上兀立着，不吃也不动，当它的伙伴们围着天葬台争食尸肉时，它毫不动心，一对乌黑的眼珠呆呆地凝视着天空。一天又一天，一个星期又一个星期，它从不移动位置，它的伙伴们也决不来打扰它。天葬师惊奇地发现，这不吃不动的老鹰明显地消瘦下来，逐渐恢复到了一般秃鹫的体态，奇怪的是，它的精神却毫不萎靡，两只眼睛越发炯炯生光地盯着天空。有一天黄昏，在一次天葬结束之后，奇迹终于发生了。这只"打坐"多日的老鹰突然展开宽大的翅膀有力地拍动了几下,随后便稳稳蹿入空中。它围绕着天葬台盘旋几圈,接着就箭一般向高空飞去。天葬师抬头凝视着越飞越高的老鹰,只见它小成了一颗黑豆,小成了一粒芝麻,小成了一点若有若无的尘埃,最后消失融化在茫茫苍苍的蓝天之中。天葬师情不自禁地喃喃自语道:"哦,神鹰,神鹰……"他眼里噙着泪花,心中充满了由衷的敬畏。这时,天葬台周围那一群刚刚饱餐过一顿尸肉的鹰也像天葬师一样,昂头呆望着苍天。天葬师深信不疑:此刻,有两个灵魂正在同时升天……

在墨西哥深蓝色的天空下,这些关于鹰的见闻和回忆在我的脑海里回旋着翻腾着,它们无法编织成一幅清晰完整的图画。这些流传在中国的关于鹰的传说,和墨西哥有什么关系呢?从车窗仰望天空,那只孤独的鹰仍在悠然翔舞,仍在寻求着谁也无法探知的目标。鹰没有国界,它们大概是性情相通的吧,我想。关于鹰的死,在墨西哥不知是否有什么传说。那位墨西哥向导始终在注视着天上的鹰,陷在沉思之中。

"你们这里有没有鹰的墓地?"问题出口后,我有些懊悔了,这会不会冒犯主人呢?

墨西哥向导转过头来,栗色的眼睛里闪烁着惊讶。他盯住我看了一会儿,目光由惊讶而平静。还好,没有恼怒的意思。

"鹰怎么会有墓地呢?"墨西哥向导指了指天空,用一种神秘而又骄傲的口吻说,"它们的归宿在天上。假如生命结束,它们将在高高的空中化成尘埃,化成空气,连一根羽毛也不会留在地面!"

这下轮到我惊讶了。这和我在国内听到的传说简直是惊人的巧合。没有国界的鹰啊!

也许,人是习惯于为自己构筑藩篱和牢笼的,对活人是如此,对死者也一样。人类的历史,便是在拆除旧藩篱旧牢笼的同时,不断构筑新藩篱新牢笼,这大概是人类作为高等生物区别于其他生物的原因之一吧。鹰呢,鹰就不一样了。我又想起了在长江三峡时听到的那位诗人对鹰的评论:"这渴望自由的生命,即便死了,也不愿意被牢笼囚禁。"

抬头看车窗外的天空,那只孤鹰已经不知去向。只有渺无际涯的深深的蓝天,在我的头顶沉默着,不动声色地叙述着世界的浩瀚和宇宙的无穷……

周庄水韵

  一支弯曲的木橹,在水面上一来一回悠然搅动,倒映在水中的石桥、楼屋、树影,还有天上的云彩和飞鸟,都被这不慌不忙的木橹搅碎,碎成斑斓的光点,迷离闪烁,犹如在风中漾动的一匹长长的彩绸,没有人能描绘它朦胧炫目的花纹……

  有什么事情比在周庄的小河里泛舟更富有诗意呢?小小的木船,在窄窄的河道中缓缓滑行,拱形的桥孔一个接一个从头顶掠过。贞丰桥、富安桥、双桥……古老的石桥,一座有一座的形状,一座有一座的风格,过一座桥,便换了一道风景。站在桥上的行人低头看河里的船,坐在船上的乘客抬头看桥上的人,相看两不厌,双方的眼帘中都是动人的景象。

周庄的河道呈"井"字形,街道和楼宅被河分隔,然而河上有桥,石桥巧妙地将古镇连缀为一体。据说,当年的大户人家,能将船划进家门,大宅后院,还有泊船的池塘。这样的景象,大概只有在威尼斯才能见到。一个外乡人,来到周庄,印象最深的莫过于这里的水,以及一切和水连在一起的景物。

我曾经三次到周庄,都是在春天,每一次都坐船游镇,然而每一次留下的印象都不一样。

第一次到周庄,正是仲春,天下着小雨,古镇被飘动的雨雾笼罩着,石桥和屋脊都隐约出没在飘忽的雨雾中,那天打着伞坐船游览,看到的是一幅画在宣纸上的水墨画。

第二次到周庄是初春,刚刚下过一夜小雪,积雪还没有来得及将古镇覆盖,阳光已经穿破云层抚摸大地。在耀眼的阳光下,古镇上到处可以看到斑斑积雪,在路边、在屋脊、在树梢、在河边的石阶上,一摊摊积雪反射着阳光,一片晶莹斑斓,令人目眩。古老的砖石和清新的白雪参差交织,黑白分明,像是一幅色彩对比强烈的版画。在阳光下,积雪正在融化,到处可以听见滴水和流水的声音,小街的屋檐下在滴水,石拱桥的栏杆和桥洞在淌水,小河的石沿上,往下流淌的雪水仿佛正从石缝中渗出来。细细谛听,水声重重叠叠,如诉如泣,仿佛神秘幽远的江南丝竹,裹着万般柔情,从地下袅袅回旋上升。

最近一次去周庄也是春天,然而是在晚上。那是一个温暖的春夜,周庄正举办旅游节,古镇把这天当成一个盛大节日。古老的楼房和曲折的小街缀满了闪烁的彩灯,灯光倒映在河中,使小河变成一条色彩斑斓的光带。坐船夜游,感觉是进入了梦境。船娘是一位三十岁的农妇,以娴熟的动作,轻松地摇着橹,小船在平静的河面慢慢滑行,我们的身后,船的轨迹和橹的划痕留在水面上,变成一片漾动的光斑,水中倒影变得模糊朦胧,难以捉摸。小船经过一座拱桥时,前方传来一阵音乐,水面也突然变得晶莹剔透,仿佛是有晃荡的荧光从水下射出。船摇过桥洞,才发现从旁边交叉的水道中划过来一条张灯结彩的船,船舱里,有几个当地农民在摆弄丝弦。

还没有等我细看,那船已经转了个弯,消失在后面的桥洞里,只留下丝竹管弦声,在被木船搅得起伏不平的河面上飘绕不绝……我们的小船划到了古镇的尽头,灯光暗淡了,小河也恢复了它本来的面目,平静的水面上闪烁着点点星光。从河里抬头看,只见屋脊参差,深蓝色的天幕上勾勒出它们曲折多变的黑色剪影。突然,一串串晶莹的光点从黑黝黝的屋脊上飞起来,像一群冲天而起的萤火虫,在黑暗中划出一道道暗红的光线。随着一声声清脆的爆炸声,小小的光点变成满天盛开的缤纷礼花,天空和大地都被这满天焰火照得一片通明。已经隐匿在夜色中的古镇,在七彩的焰火照耀下面目一新,瞬息万变,原本墨一般漆黑的屋脊,此时如同被彩霞拂照的群山,凝重的墨线变成了活泼流动的彩光。最奇妙的,当然是我身畔的河水,天上的辉煌和璀璨,全都落到了水里,平静幽深的河水,顿时变成了一条摇曳生辉、七彩斑斓的光带,随焰火忽明忽暗的河畔楼屋倒映在水里,像从河底泛起的一张张仰望天空的脸,我来不及看清楚他们的表情,他们便在水中消失。当新的一轮焰火在空中盛开时,他们又从遥远的水下泛起,只是又换了另一种表情。这时,从古镇的四面八方传来惊喜的欢呼,天上的美景稍纵即逝,地上的惊喜却在蔓延……

我很难忘记这个奇妙的夜晚,这是一个梦幻一般的夜晚,周庄在宁静的夜色中变得像神奇的童话,古镇幽远的历史和缤纷的现实,都荡漾在被竹篙和木橹搅动的水波之中。

异乡的天籁

夜晚,在离开上海数万里外的南太平洋之岸。半个残缺的月亮从海面上静静升起。天空是深蓝色的,而天空下面的海水,是墨一般的漆黑,星光和月色洒落在海面上,泛起星星点点的晶莹。远方有一条白色的细线,在黑黢黢的水天之间扭动,这是海上卷起的潮峰,它们集聚了大自然神秘的力量,正缓缓地向岸边涌来。风中,传来隐隐的涛声。一只白色的鸥鸟从我身边飞过,像一道闪电,倏忽消失在黑暗之中。

这是澳大利亚维多利亚州一个名叫凯尔斯的海边小镇。这个小镇,离繁华的墨尔本二百多公里,在地图上未必能找到,镇上只有几家小店和旅馆闪着灯火。离开小镇,穿越一片草坪就是海滩。我一个人站在海滩上,站在星空下,站在望不到边际的夜色里，沉浸于奇妙的遐想。和我一起伫立于海边的，是一棵古老的柏树。斑驳的树皮，曲折的枝干，树冠犹如怒发冲冠，月光把古柏巨大的阴影投在海滩上，如同印象派画家异想天开的巨幅作品。这样的古柏，在中国大多生长在深山古庙，想不到在异域海岸上也能遇到这样一棵古树，这是奇妙的遭遇。树荫中传出不知名的夜鸟的鸣啼，低回婉转，带着几分凄凉。

古树，残月，孤鸦，星光荡漾的海，这样的景象，神秘而陌生，却似曾相识。它们使我联想起唐诗宋词中的一些情境，但又不雷同。这是我以前从未看到过的风景。我就着月光看腕上的手表，是夜里九点，此时，中国是傍晚七点，在我的故乡上海，正是华灯初上的时刻，淮海路上涌动着彩色人流，南京路上回荡着喧闹人声，灯光勾勒出外滩和浦东高楼起伏的轮廓……而这里，完全是另外一种景象。久居都市，被人间的繁华和热闹包围着，很多人已经失去了抬头看看星空的欲望，也忘记了天籁究竟是怎么一回事。此刻，大自然正沉着地向我展示着她本来的面目。

能够沉醉在大自然幽邃阔大的怀抱中，是一种幸运。在天地之间，在浩瀚的海边，我只是一粒微尘，只是这个小镇、这片海滩上的匆匆过客。然而这样的夜晚，这样的情境，却会烙进我的记忆。

在澳洲，很多天然的景象使我陶醉，也使我心灵受到震撼。旅行途中一些不经意间看到的景色,让人难以忘怀。一位澳洲作家曾经这样提醒我:"在澳洲,请你多留意这里的海洋。"在飞机上,我曾经观察过澳洲的海岸线,这里有世界上最曲折逶迤的海岸,海岸边有平缓的沙滩,也有峻峭的岩壁。在阳光下,金黄的沙滩映衬着蓝得发黑的海水,海滩的金黄是天底下最辉煌的颜色,而海水的蓝色则是世界上最深沉的颜色,这样鲜明强烈的对比,在任何一个画家的笔下都没有出现过。我也一次又一次走到海边,看海水在礁石上飞溅起漫天雪浪,听涛声在天地间轰鸣,面对着激情四溢的海洋,我却感受到一种无法言传的宁静。也有平静的海湾,海水平静得像一块蓝色水晶,白色的游艇在海面滑动,悠然如天上的白云。凝望着平静的海洋,我却想起了风暴中的海,想起了我曾经在文学作品中读到过的最汹涌激荡的海。海的运动,遵循的是自然永恒的法则,没有人能改变它。这是地球上最神秘的力量。在悉尼的邦迪海滩,我看到了海洋永无休止的运动。不管气候晴朗还是阴晦,不管是有风还是无风,在这片海滩上永远能看到滔天巨浪,潮头如崩溃的雪山,成群结队呼啸而来,前面的刚刚在海滩上溃散,后面的又轰然而起。冲浪者在潮峰上滑翔,展现着人的勇敢和灵巧。如果把大海的运动比作一部壮阔的交响曲,人在其中的活动则只是几个轻巧的音符。

在澳洲的海边旅行时,我也常常被突然出现在眼帘中的大树吸引。很多树我都无法叫出它们的名字，它们千姿百态地站在海边，眺望着波涛起伏的海洋，也向过路人展示着生命的魅力。这些大树的形状没有一棵是雷同的，也没有一棵是丑陋的，无论怎样生长，无论是粗壮的还是清瘦的，高大的还是低矮的，所有的树都显得生机勃勃，树上的每一根树枝都像自由的手臂在空中挥舞，在拥抱清新的阳光和海风。即便是那些枯死的老树，我依然能在虬结的树干和峥嵘的枝杈上感受到生命的力量，能从中想象它们当年的茂盛风华。

澳洲的树木中，最常见的是桉树，它们有的独立在草原中，有的成片成林，白色的树干在绿叶中闪烁着光芒。在国内，我也看到过不少桉树，印象中它们都清清瘦瘦，像苗条的少女。而澳洲的桉树却完全不一样。在离菲利浦湾不远的公路边，我见过一棵巨大的桉树，树干直径将近两米，四五个人无法将它合抱，树冠覆盖的土地超过一亩。几十个人站在这棵巨大的桉树下，只占据了树荫的一小部分。我曾经走进一片幽深的桉树林，因为树和树挨得太近，白色的树干互相缠绕着，密集的树叶遮住了天光，空气中弥漫着桉树叶的清香。在树上，能看到考拉，也就是树袋熊，这是澳洲人最喜欢的动物。它们悠闲地坐在树杈上，不慌不忙地嚼着桉树叶，并不理会生人的来访。

海边的牧场也是悦目的景观，草原的起伏形成了大地上最柔和的线条，而在草地上吃草的羊群和牛群，仿佛是静止不动地被贴在绿色屏幕上。如果海上有风吹过来,吃草的牛羊应该能听到浪涛拍击海岸的声音,应该能听到树林在风中的低语。但这些草原上的生灵,大概早已习惯了身边的那种安宁,它们已经没有了奔跑的念头。只有野生的袋鼠,箭一般出没在灌木丛中。

一天黄昏,我离开海边一个著名的景点,在暮色中坐车回墨尔本。公路穿越一片丘陵时,车窗外出现了我从未见过的奇妙景象:西方的地平线上,残阳颤动,晚霞如血,东方的天边,金黄的月亮正在上升。道路两边,是广袤无边的草原,羊群、牛群和马群仍站在那里吃草,它们沉静地伫立在自己的位置上,在夕阳和月光的照耀下,入定一般贴在墨绿色的草地上,天色的昏暗丝毫没有引起它们的不安。这是一幅色彩深沉、意境优美的画,一幅世界上最平和幽静的油画。

旷野的微光

图书馆宽敞的阅览大厅里，数不清的日光灯一起亮着。银白色的透明的灯光，柔和地洒满了这个宁静安谧的世界，只有读者轻轻的翻书声：沙沙、沙沙……不知怎的，我的眼前竟出现了一盏油灯，它微弱、幽暗，却是那么坚韧，那么美丽地闪烁、闪烁……

这是一盏最简陋、最不起眼的小油灯：一只圆形的墨水瓶，一根棉纱灯芯，便是它的全部结构；它曾经有过一个方形的玻璃灯罩，不知在什么时候被打碎了，再也没有配起来。哦，我怎么能忘记它的光芒呢！在农村插队的岁月里，它的黄色的颤动的光芒，曾亲切地抚摸着我，度过了许多雨雾弥漫的夜晚……

血红的夕阳垂落在天边，我，拖着长长的影子在田埂上蹀躞。这是十多年前的秋天,我刚下乡就下地干活了,一天下来,浑身仿佛散了架。回到我的小屋里,一个人木然颓坐,筋酸骨痛,心灰意懒,只有那盏小油灯忽闪忽闪地跳跃着,像一只在黑暗里闪闪发光的眼睛,用一种怜悯的目光凝视着我。在那昏黄幽弱的火光里,我看着自己扭曲了的影子在墙上晃来晃去,禁不住顾影自怜起来,觉得自己犹如一根茕茕孑立的野草,迷茫地面对着萧瑟的旷野……

对了,在油灯下看一点书吧。然而,这是一个精神世界异常贫瘠的时代,那些千篇一律的文字,比我的粗硬的蒸玉米饭更难以下咽,我实在没有勇气啃它们。于是,对着那盏幽弱的小油灯,我又茫然了。油灯闪烁着,还是像一只炯炯的眼睛,只是它的目光之中似乎有嘲讽之色。它在嘲笑我的空虚和彷徨……在那闪烁的灯光里,我坐不住了:难道就这样让自己的青春糊里糊涂地流逝?难道就这样让自己的思想和灵魂在黑暗中麻木、腐朽?不!我不愿意!我想起了过去曾经读过的那些美好的书,我怀念它们,我要找到它们!油灯尽管微弱,也可以为我照明,在浓重的黑暗中,这样一点烛火就足够了!

美好的东西毕竟是禁灭不了的。远方的朋友为我带来了一些好书,当地几个念过书的老人,竟也为我找来一些难得的古书。最令我兴奋的是:在一所乡间中学里,我发现了一大堆被遗弃的旧书!从此,在那盏小油灯下,有了无数个令人沉醉的夜晚。我把灯芯挑得长长的，灯火，毕剥毕剥跳动着，成了一只兴奋的眼睛，它和我一起读书，一起分享着那份快乐。在它的微光里，我尽情驰骋着自己的情感和想象，我的目光透过那些破旧的书页，飞出我的小屋，看得无比遥远。世界，真大啊……

小油灯闪烁着。在那幽暗的微光里，我仿佛看见了李白，我看见他正驾着一片雪白的帆，在烟波浩渺的扬子江上留下豪放潇洒的歌声……我仿佛看见了苏东坡，他仰对一轮皓月，呼喊着天上的神仙，思念着地上的亲人……我还看见了泰戈尔，他把我引进一个神秘而又美妙的世界，那里的星星、月亮、海洋、森林，都流溢着奇异的光彩，使我流连忘返……我也看见了普希金，他坐着一辆雪橇，在苍茫灰暗的雪地上划出一行发光的诗句：心儿啊，永远憧憬未来！……还有雪莱，我常常能听到他热情而又庄严的声音：冬天来了，春天还会远吗！

小油灯闪烁着。在那幽暗的微光里，我仿佛跟着雨果来到十九世纪的法国，目睹了那一幕幕浸透着血泪的人间惨剧……我仿佛跟着狄更斯渡过英吉利海峡，见到了许多机智可爱的小人物……我看见罗曼·罗兰笔下那个愤世嫉俗的约翰·克利斯朵夫，正坐在一架古老的钢琴前，弹奏着一支深沉浑厚的乐曲；杰克·伦敦笔下的那个马丁·伊登，在一片惊涛骇浪之中，咬紧了牙关搏斗着……我为贾宝玉和林黛玉的悲剧叹息,为牛虻和保尔的韧性激动;我和林道静讨论着人生道路,向车尔尼雪夫斯基请教着美学问题……

哦,我的小油灯,这闪烁在旷野里的微光,是它又把我带回到那个被隔绝了的广阔多彩的世界。是它为我照明,让我看见了许多人类智慧和文化的结晶,看见了许多璀璨瑰丽的美好事物。我像一股柔弱细小的山溪,在那奇妙的微光之中,缓缓地流出闭塞的峡谷,汇集起许多晶莹的泉水和露珠,逐渐丰满起来,充实起来……

我的生活和情绪起了变化。在田野里干那繁重的农活,流着汗,淋着雨,顶着寒风,确实很辛苦,然而一想起那盏小油灯,想起它的温暖柔和的光芒,我的心头便会感到一阵欢悦,觉得自己寂寥的生活有了一些慰藉,有了一种寄托。可是,我也经常有一种莫名的担心,担心这一团弱小的豆火会突然被黑暗吞噬。有时,屋外风雨交加,窗户门板都被打得噼啪作响,风从门缝里钻进来,把一无遮掩的灯火吹得左右摇晃,然而它还是亮着,把黄澄澄的光芒投到我的书页上。有一次,它确乎经历了一场危险。说来也可笑,邻宅一只肥头肥脑的大黑猫,从来不抓老鼠,只会偷吃人们放着的食物,它竟觊觎着我的小油灯。一天晚上,它窜进我的小屋,爬上桌子,对着那盏油灯观察了好一会,竟愚蠢地用鼻子去嗅火苗,结果一声惨叫,夹着尾巴逃走了。油灯被撞倒在地下,油泼了大半,火苗却没有熄灭。第二天,我看见那只黑猫鼻子乌黑，烧断了好几根胡须，它远远地瞅着我的小油灯，依然丧魂落魄的样子。我的小油灯终于没有熄灭。

哦，在黑暗之中，那一星一点的火光是多么珍贵！我不会忘记那盏幽弱的小油灯，不会忘记那闪烁在旷野里的微光。

小鸟,你飞向何方

> 在黄昏的微光里,有那清晨的鸟儿来到了我的沉默的鸟巢里。

我喜欢泰戈尔的诗。还在读中学的时候,泰戈尔就把我迷住了,一本薄薄的《飞鸟集》,竟被我纤嫩的手指翻得稀烂。那些充满着光彩和幻想的诗句,曾多少次拨动我少年的心弦……

《飞鸟集》破损了,我渴望再得到一本。然而,"文化大革命"一开始,这个小小的愿望,竟成了梦想。我的那本破烂的《飞鸟集》,也被人拿去投入街头烧书的熊熊烈火中,暗红色的灰烬在火光里飞舞,飘飘洒洒,纷纷扬扬。我仿佛看见老态龙钟的泰戈尔在火光里站着,烈火烧红了他的白发，烧红了他的银须，也烧红了他的朴素的白袍。他用他那冷峻而又安详的目光注视着这一切，看着，看着，他的神色变了，似有几许惊恐，几许不安，也有几许愤怒，几许嘲讽……

我还是喜欢泰戈尔。在动乱的岁月里，我默默地背诵着他的诗，以求得几分心灵的安宁。"诗人的风，正经过海洋和森林，追求它自己的歌声。"我陶醉在他所描绘的大自然中了——那宁静而又浮躁的海洋，那广袤而又多变的天空，那温暖而又清澈的湖泊，那葱郁而又古老的森林……

有一天，我忽然异想天开：到旧书店去走走，看能不能找到几本好书。结果，当然叫人失望。但，我发现，有时还会有几本"罪当火烧"的书出现在书架上，或许，这是由于店员的粗心吧。于是，我抱着几分侥幸，三天两头往旧书店跑。一个星期天的早晨，我又走进冷冷清清的旧书店。我的目光，久久地在一排排大红的书脊中扫动，突然，我的眼睛发亮了：一条翠绿色的书脊，赫然跻身在一片红色之间，啊，竟是《飞鸟集》！

该不会有另一种《飞鸟集》吧？我不相信自己的眼睛，仔细一看，果真有泰戈尔的名字。随即，我又紧张了，这年头，得而复失的太多了。挤压着《飞鸟集》的一片红色，又使我想起街头那一堆堆焚书的烈火，那漫天飞扬的纸灰……我赶紧向书架伸出手去。

几乎是同时，旁边也伸出一只手来，两只手，都紧紧地捏住了《飞鸟集》。这是一只瘦小白皙的手，一只小姑娘的手。我转过脸来，正迎上两道清亮的目光——一个中学生模样的小姑娘站在我身旁，抬起脸看着我，白圆的脸上，一双清秀的眼睛眨巴眨巴地闪动着，像一潭清澈见底的泉水，微波起伏，平静中略带点惊讶。

我愣住了，手捏着书脊，不知如何是好。还是她开了口："你也要它吗？那就给你吧。"声音，清脆得像小鸟在唱歌。

我的脑海里忽然旋起个念头：在这样的时候，她还会喜欢泰戈尔？莫非，她根本不知道这是怎样一本书？于是，我轻轻问道："你知道，这是谁的书？"

"谁的书！"小姑娘抬起头来，颇有些惊奇地看着我，秀美的眼睛睁得滚圆，转而，开心地笑起来，一边笑，一边做了个鬼脸："这是一个老爷爷的书，一个满脸白胡子的印度老爷爷。我喜欢他。"说罢，用手做着捋胡子的样子，又格格地笑了。如同平静的池塘里投进了一颗石子，笑声，在静静的店堂里荡漾……

啊，还真是个熟悉泰戈尔的！我多么想和她谈谈泰戈尔，谈谈我所喜欢的那些作家，谈谈几乎已被人们遗忘了的世界啊！然而，这样的年头，这样的场合，这样的谈话肯定是不合时宜的，即便年轻，我还是懂得这一点。小姑娘见我呆呆地不吭声，刷的一下把《飞鸟集》从书架上抽下来，塞到我手中："给你吧，我家里还藏着一本呢！"没等我做出任何反应，她已经转身去了。我只看见她的背影：一件淡紫色的衬衫，上面开满了白色的小花；两根垂到腰间的长辫，随着她轻快的脚步摆动……

她走了，像一缕轻盈的风，像一阵清凉的雨，像一曲优美的歌……

夏天的飞鸟，飞到我窗前唱歌，又飞去了。

旧书店里的那次邂逅，留给我的印象竟是那么强烈。真的，生活中有些偶然发生的事情，有时会深深地刻进记忆中，永远也忘记不了。我不知道那个小姑娘的名字，甚至没有看仔细她的容貌，但，她从此却常常闯到我的记忆中来了。当我看着那些在街头吸烟、无聊、踯躅的青年，心头忧郁发闷的时候，当我读着那些大吹"知识越多越反动"的奇文，两眼茫然迷离的时候，她，就会悄悄地站到我的面前，眨着一对明亮的眼睛，莞尔一笑，把一本《飞鸟集》塞到我手中，然后，是那唱歌一般悦耳的声音："这是一个老爷爷的书……给你吧，我家里还藏着一本呢！"

她使我惶乱的思想得到一丝欣慰，她使我空虚的心灵得到几分充实。她使我相信：并不是所有的青年人都忘记了世界，抛弃了前人创造的文化，抛弃了那些属于全人类的美的事物！

有时，我真想再见到这位小姑娘，可是，偌大个城市，哪里找得到她呢？有时，我却又怕见到她，因为，在这些岁月里，有多少纯真的青年人变了，变得世故，变得粗俗，就像炎夏久旱之后的秧苗，失去了水灵灵的翠绿，萎缩了，枯黄了。我怕再见到她以后，便会永远丢失那段美好的回忆。

一次，我在街上走着，迎面过来几个时髦的姑娘，飘拂潇洒的波浪长发，色调浓艳的喇叭裤子，高跟鞋踏得笃笃作响，香脂味随着轻风飘漾。她们指手画脚大声谈笑着，毫无顾忌，似乎故意招摇过市，引得路人纷纷投去惊奇的目光，目光之中，不无鄙视。对那些衣着打扮，我倒并没有反感，只是她们的神态……

我忽然发现，这中间有一张似曾相识的脸——啊，难道是她？是那个在书店遇见的姑娘？真有点像啊！我的心不禁一阵抽搐。我迎上去，想打招呼，她却根本不认识我，连看都不看一眼，勾着女伴的颈脖，嬉笑着从我身边走过去。哦，不是她，但愿不是她！我默默地安慰着自己，呆立在路边，闭上了眼睛……

是的，这绝不会是她。然而，这件小事却给了我心头重重一击。工作之余，我又打开泰戈尔的诗集。泰戈尔，这位异国的诗人，毕竟离我们遥远了，他怎么能回答我们这一代青年人的疑虑和苦恼呢!他的一些含着神秘色彩的诗句,竟使我增添许多莫名的忧愁和烦闷。"有些看不见的手指,如懒懒的微飔似的,正在我的心上,奏着潺湲的乐声。"可"我知道我的忧伤会伸展开它的红玫瑰叶子,把心开向太阳"!

冬天的小鸟啾啁着,要飞向何方?

历尽了一场肃杀的寒冬,春天来了。经过冰雪的煎熬,经过风暴的洗礼,多少年轻的心灵复苏了,他们告别了愚昧,告别了忧郁,告别了轻狂,向光明的未来迈开了脚步。就像泥土里的种子,悄悄地萌发出水灵灵的嫩芽,使劲顶出地面,在春风春雨里舒展开青翠的枝叶……

恍若梦境,我竟考上了大学。去报到之前,我清理着我的小小的书库,找几本心爱的书随身带着,第一本,就想到了《飞鸟集》。她,在哪里呢?那个许多年前在书店里遇见的小姑娘!此刻,即使她站到我面前,我大概也不会认识她了,可是,我多么想知道,她在哪里……

人流,长长不断的人流,浩浩荡荡涌向校门。我随着报到的人群,慢慢地向前走着。不知怎的,我仿佛有一种预感——在这重进校门的队伍中,会遇见她。于是,我频频四顾,在人群中寻找着。

一次又一次，我似乎见到了她——她背着书包走过来了，脚步，已不似当年轻盈，却稳重了，坚定了；身上，还是那一件淡紫色的衬衫，上面开满了白色的小花；两根垂到腰间的长辫，轻轻地晃动着……

这不过是幻觉而已，我找不到她。在这支源源不断的人流里，有那么多的小伙，那么多的姑娘，哪有这样巧的事情呢。可是，我的心头还是涌起了几分惆怅，眼前，仿佛又掠过几年前在街头见到的那一幕……

有人撞到我的脚跟上，我一下子从沉思中惊醒。身边，是笑声，是歌声，是脚步声。我不禁哑然失笑了。脑海中，突然跳出几行不知是谁写的诗句来：

　　你呀，你呀，何必那么傻，
　　经过一场风寒，就以为万物肃杀
　　闻一闻风儿中春的芳馨吧，
　　生活，总要向美好转化！

我抬起头来，幽蓝的天空，辽远而又纯净——这是春天的晴空啊！一群又一群鸟儿从远方来了，它们欢叫着，抖动着翅膀，划过透明的青天，飞啊，飞啊，飞……

躲进书里

不管人世如何喧嚣拥挤，动荡不安，有一个好所在永远可以成为你的避风港，成为一间与尘嚣隔绝的小屋。你可以躲进去，独自面对一个丰富有趣的世界，把烦恼和焦躁忘记得干干净净。

这个好所在便是书。

小时候，一读书便忘记了一切，自己完全成了书中的主人。或忧或怒，或喜或悲，都是情不自禁。有时读着读着，会忍不住笑出声来；有时被书中的情景感动，泪水不知不觉就滴落在书页上。七八岁的时候读《西游记》，总觉得自己就是孙悟空，常常是边读边手舞足蹈，恨不得立时就学会七十二变，变成一只鸟飞到云里去，或者一个筋斗翻出十万八千里，见识一下遥远的世界是什么模样。再大一些读《水浒》，读《三国演义》，读《东周列国志》，这些书要比课本上学的历史有趣得多。小时候也翻过《红楼梦》，觉得没劲。喜欢《红楼梦》是中学时代的事，一喜欢就读得入痴入迷，一边读一边奇怪：人世间男男女女的感情纠葛，为什么这样复杂？小时候读书从来不管时间场合，无论在什么地方都能读，走路读，吃饭读，睡觉读，上厕所也读……于是旁人便觉得这捧着书忘乎所以的小子有点痴。常常是大人的一声叫喊把我从痴梦中惊醒……

等到"文化大革命"开始后，读书成了一件可怕的事情，因为许多读书人成了革命的对象，非批即斗，一个个被整得灵魂出窍，惶惶不可终日。记得有一次，在一条僻静的马路上，看见一群造反队员斗一位大学教授。教授书房里的书籍全都被扔到街上，堆得像一座小山。教授头上戴着一顶高帽子站在书山上，造反队员将书一本一本撕烂了朝教授头上扔。可怜的教授几乎被埋在书堆中。后来造反队员大概觉得这样还不够痛快，又开始烧书，马路顿时成为一条火龙。教授畏缩在路边的围墙下，呆呆地看着自己心爱的书在火光中化为灰烬，脸上老泪纵横……世界上还有什么比这样的事情更残酷呢？那时烧书似乎成了一种革命的象征，抄家者烧，藏书者自己也烧，街上到处可以看见火光，看见在青烟中飘扬的纸灰。人们把书一捆一捆投到火堆里，看火舌舔着书页，看书籍化为美丽的火焰，然后变成灰色的蝴蝶，漫天飞舞……这也使人想起办丧事时为死者烧的纸钱，也是这样的火花，也是这样的飞灰……

　　然而书的吸引力并没有因此而消失。无数代哲人和智者在书中描绘创造的那些博大的世界，不可能被几把愚昧的火烧毁。从好书中流露出的感情，闪烁着的思想，会像墨彩一样浸染你的心胸，会像子弹一样射中你的灵魂，这样的色彩和弹痕留在心灵中，无论如何也不会消失，它们已经和你的生命融合在一起，没有任何力量能驱除它们。中学时代我很喜欢两本散文诗集，一本是泰戈尔的《飞鸟集》，另一本是鲁迅的《野草》。读这样的书犹如欣赏韵味无穷的音乐，其中的每一段旋律，都可以让你反复回味，时时能品出新的韵味来。那时觉得这两本书很优美，也很神秘。越是神秘，越是想读，直读到能背出其中的许多段落来。"文化大革命"中，《飞鸟集》和大部分文学名著一样，成了应该投到火堆中去的禁书。而《野草》却是极难得的一个例外，因为它的作者是鲁迅。即便是当着那些臂戴红袖章的造反好汉的面，也可以堂而皇之地读《野草》。《野草》中的一些文字，甚至成了当时流行的革命语录。譬如："地火在地下运行，奔突，熔岩一旦喷出，将烧尽一切野草……"不过我还是很难将《野草》和那些激昂的政治口号连在一起。这时读《野草》，竟生出许多先前未有过的感想来。我在鲁迅那些优美的文字里，读到的是一个痛苦的、迷茫的、充满幻想的灵魂在苦苦思索……我常常想,倘若鲁迅先生没有那厚厚的十几本著作,只有这一本薄薄的《野草》,他同样是一个了不起的大作家。

到农村"插队落户"时,几乎没有什么书可带,行囊里寥寥几本印刷品中,有一本是《野草》。很多小说往往只能读一遍,看一个故事而已,第一遍觉得新鲜,第二遍便无味了。《野草》这样的书却可以一遍一遍读下去。所以我当时颇有点阿Q地想:我这是"以一当十","以十当百"。有一次,生产队里开批判大会,我怀揣着那本《野草》,坐在后排的一个角落里。听得无聊,便从怀里拿出《野草》来读。一读进去,周围的喧嚣世界仿佛就不存在了。我再也听不见批判会在开些什么,会场里一阵阵海潮般的口号声也不能把我从书中拽出来。我的耳边只有鲁迅的声音,那是带着浓重绍兴腔的普通话,忧伤的声音,低沉的声音,描绘出一幅幅黯淡却又美妙离奇的画,使我迷醉。我读着《影的告别》,读着《雪》,读着《死火》,读着《死后》,从那些文字中散发出来的情绪,轻轻地拨动着我的心弦。我听见那忧伤而低沉的声音正音乐般地在说:

"我愿意这样,朋友。

我独自远行,不但没有你,并且再没有别的影在黑暗里。只有我被黑暗沉没,那世界全属于我自己。"

听着这样的声音,我完全沉浸在自己的思想里。突然,有一只大手在我背上重击了一下,于是我猛醒,一下子从书中被揪回到现实之中。现实还是批判会,是一阵口号之后的间歇,会场上出奇地静,静得有些不自然。我发现,自己已经成了周围农民注意的中心,无数双眼睛正默默地瞪着我,就像在瞪着一个怪物。原来,会议主持人刚刚点了我的名。开批判会竟敢开小差,而且是在看一本发了黄的旧书,那还了得!我连忙结结巴巴地声明:

"这……这是《野草》!"

"野草?什么野草?大概是毒草吧!"

"这是鲁迅的书!鲁迅先生!"我不顾一切地大喊道,这是一种出于本能的自我保护的咆哮。

"哦,鲁迅先生,是鲁迅先生?那……那你要向鲁迅先生学习啊!"

主持人的表情一下子缓和下来。尽管我周围的农民们未必知道鲁迅,但是主持人知道。是鲁迅先生救了我!

身边只允许有一本《野草》的文化荒年早已成为遥远的过去。现在,可供选择的好书就像春天的花草一样,多得叫人眼花缭乱。你尽可以在大庭广众之下读任何一本书,不会有一个人来干涉你。不过,真的要找到一本能让我躲进去、沉醉其中而忘记一切的书,就像当年读的《野草》那样的书,并不是一件容易的事。十年前,读欧文·斯通的《渴望生活》和亨利·戴维·梭罗的《瓦尔登湖》时,我依稀又重温到当年读《飞鸟集》和《野草》时的情景。《渴望生活》是画家凡·高的传记，写得充满激情和诗意。画家的命运坎坷而黯淡，然而那种渴求创造的强烈欲望和追寻艺术的执着激情，却使人激动不已。《瓦尔登湖》是一本散文集，书中流露出的那种恬淡，那种对大自然的陶醉，对人生的静静的思索，无不拨动着我的心弦。《渴望生活》是当时的畅销书之一，喜欢的人很多；《瓦尔登湖》知道的人并不多，也许不是人人都有耐心读完它，然而我喜欢。

那时我住在浦东，每天要坐汽车经过黄浦江隧道，费很长的时间到市区上班。在车上的时间特别难熬，车窗外每天重复着同样的风景，尤其是遇到交通堵塞，心里就更加焦躁。这时，倘若有一本好书在手中，便能把漫长的时光化为愉快的瞬间。在公共汽车上读书，只要真的读进去，就能旁若无人，就像在自己的书房里读书一样。任何噪声都不可能干扰我的情绪，有人挤我，有人推我，有人踩我的脚，我都可以木然无知。《瓦尔登湖》就使我在拥挤喧闹的公共汽车上有了一个美妙的藏身之处。有一次，汽车在幽暗的隧道里被堵住了，前面的障碍怎么也排除不了。车窗外，只能看见灰暗毛糙的隧道壁，车厢里，空气混浊，一片抱怨之声。这时，我便从包里拿出那本《瓦尔登湖》来。随手翻开，是那篇《声》。《声》里描绘的是一个极为宁静的世界，那里有山谷，有森林，有飞着的或是唱着的禽鸟，有乡间公路上马车的辚辚声,有"宇宙七弦琴上的微音"似的教堂钟声,有"游唱诗人歌喉"似的牛叫声……当这些声音和每一张叶子和每一枝松针寒暄过以后,回声便接过了这旋律,给它转了一个调,又从一个山谷,传给了另一个山谷……"回声,不仅把值得重复一遍的钟声重复,还重复了山林中的一部分声音,犹如一个林中女妖所唱出的一些微语和乐音……"《瓦尔登湖》中的这些声音,就这样奇妙地在我心里回旋,使我也仿佛成了在瓦尔登湖畔流连忘返、沉醉于美丽天籁中的农夫……《声》之后是《寂寞》,瓦尔登湖畔的寂寞并不是那种可怕的闭塞和孤独,而是一种安闲,一种宁静,一种远离尘嚣的超然。作者在山林湖泊之间独自思索着,"太阳,风雨,夏天,冬天,大自然的不可描写的纯洁和恩惠,他们永远提供这么多的康健,这么多的欢乐!对我们人类这样的同情,如果有人为了正当的原因悲痛,那大自然也会受到感动,太阳黯淡了,风像活人一样悲叹,云端里落下泪雨,树木到仲夏脱落下叶子,披上丧服。难道我们不该与土地息息相通吗?我自己不也是一部分绿叶和青菜的泥土吗……"这样的寂寞,是一种令人神往的寂寞。对于整天在喧嚣和拥挤中忙忙碌碌的现代城市人来说,这样的寂寞是多么难能可贵!寂寞之后是《访客》,于是我又和梭罗一起,在他的林中小木房里,接待许多有趣的人物。我们的客人是淳朴而又聪明的伐木者,是渔夫和猎人,是隐居山林的智者,是一些没有被都市尘嚣污染的健康的人……和这些有趣的人围着红彤彤的炉火，谈天说地，道古论今，是一件多么快乐的事情……就在我兴致勃勃漫步于瓦尔登湖畔时，汽车已经驶出黑暗的隧道，车窗外日光灿烂，周围乘客脸上的愁容已经消失。听到人们的议论时我才知道，刚才，汽车竟在隧道里滞留了整整一个小时！而我居然什么也不知道，只是躲进书里做了一次愉快的旅行。如果没有《瓦尔登湖》，这黑暗的一个小时将会多么漫长……

我想，今后我的生活内容大概还会有很多变化，然而一件事情是不会改变的，那就是读书。现在，我已有了七八个书橱，大概有好几千册书吧。要想把所有的书都读一遍，几乎不可能。于是我常常站在书橱前，慢慢地扫视着那一排排五彩斑驳的书脊，心里在想：今天，我能躲进哪一本书中去呢？

诗　魂

又是萧瑟秋风，又是满地黄叶。这条静悄悄的林荫路，依然使人想起幽谧的梦境……

到三角街心花园了。一片空旷，没有你的身影。听人说，你已经回来了，怎么看不见呢？……

　　从幼年起，诗魂就在胸中燃烧
　　我们都体验过那美妙的激动……

已经非常遥远了。母亲携着我经过这条林荫路，走进三角街心花园。抬起头，就看见了你。你默默地站在绿荫深处，深邃的眼睛凝视着远方，正在沉思……

"这是谁？这个鬈头发的外国人？"

"普希金,一个诗人。"

"外国人为什么站在这里呢?"

"哦……"母亲笑了。她看着你沉思的脸,轻轻地对我说:"等你长大了,等你读了他的诗,你就会认识他的。"

我不久就认识了你。谢谢你,谢谢你的那些美丽而又真诚的诗,它们不仅使我认识你,尊敬你,而且使我深深地爱上了你,使我经常悄悄地来到你的身边……

你的身边永远是那么宁静。坐在光滑的石头台阶上,翻开你的诗集,耳畔就仿佛响起了你的声音。你在吟你的诗篇,声音像山谷里流淌的清泉,清亮而又幽远,又像飘忽在夜空中的小提琴,优雅的旋律里不时闪出金属的音响……

你还记得那一位白发老人吗?他常常拄着拐杖,缓缓地踱过林荫路,走到你的跟前,一站就是半个小时。你还记得吗?看着他那瘦削的身材,清癯的面容,看着那一头白雪似的白发,我总是在心里暗暗猜度:莫非,这也是一位诗人?为了证实自己的想法,我用少年人的真率,做了一次试探。

那天正读着你的《三股泉水》。你的"卡斯达里的泉水"使我困惑,这是什么样的泉水呢?正好那老人走到了我身边。

"老爷爷,你能告诉我,什么是'卡斯达里的泉水'吗?"

老人看看我,又看看我手中的诗集,然后微笑着抬起头,指了指站在绿荫里的你,说:"你应该问普希金,他才能回答你。"

我有点沮丧。老人却在我身边坐下来了。那根深褐色的山藤拐杖,轻轻在地面上点着。他的话,竟像诗一样,合着拐杖敲出的节奏,在我耳边响起来:"卡斯达里的泉水不在书本里,而在生活里。假如你热爱生活,假如你真有一颗诗人的心,将来,它也许会涌到你心里的。"

"你也是诗人吧?"

"不,我只是喜欢诗,喜欢普希金。"

像往常一样,随着悠然远去的拐杖叩地声,他瘦削的身影消失在浓浓的林荫之中……

以前的那种陌生感,从此荡然无存了,老人和我成了忘年之交。尽管不说话,见面点头一笑,所有一切似乎都包含其中了。是的,诗能沟通心灵。我想,世界上一定还有许许多多陌路相逢的人,因为你的诗,成了好朋友。

而你,只是静静地在绿荫里伫立着,仿佛思索、观察着这世间的一切……

  在天空中,欢快的朝霞
  偶然遇到了凄凉的月亮……

梦里也仿佛听到一声巨响,是什么东西倒坍了?有人告诉我,你已经离开三角街心花园,再也不会回来了……

我奔跑着穿过黄叶飘零的林荫路,冲进了街心花园。

我永远也忘不了那触目惊心的一幕:你真的消失了!花园里空空如也,只有一座破裂的岩石底座,在枯叶和碎石的包围中,孤岛似的兀立着……

哦,我恍惚走进了一个刑场……这里,刚刚发生过一场可耻的谋杀。诗人啊,你是怎样倒下的呢?

我仿佛见到,几根无情的麻绳,套住了你的颈脖,裹住了你的胸膛,在一阵闹哄哄的喊叫中,拉着,拉着……

我仿佛看到,无数粗暴的钢镐铁锹,在你脚下叮叮当当地挥动着,狂舞着……

你倒下了,依然默默无声、沉思着……

你被拖走了,依然微昂着头望着远方……

我呆呆地站在秋意萧瑟的街心花园里,像一尊僵硬的塑像。蓦地,我的心颤抖了——远处,依稀响起了那熟悉的拐棍叩地声,只是节奏变得更缓慢,更沉重,那一头白发,像一片孤零零的雪花,在秋风中缓缓飘近,飘近……

是他,是那个老人。我们面对面,默默地站定了,盯着那个空荡荡的破裂的底座,谁也不说话。他好像苍老了许多,额头和眼角的皱纹更深更密了。说什么呢?除了震惊,除了悲哀,只有火辣辣的差耻。说什么呢……

他仿佛不认识我了,陌生人般地凝视着我,目光由漠然而激奋,而愤怒,湿润的眼睛里跳跃着晶莹的火。好像这一切都是我干的，都是我的罪过。哦，是的，是一群年龄和我相仿的年轻人，呼啸着冲到你的身边……

咚！咚！那根山藤老拐杖，重重地在地上叩击了两下，像两声闷雷，震撼着我的心。满地枯叶被秋风卷起来，沙沙一片，仿佛这雷声的袅袅余响……

没有留下一句话，他转身走了。那瘦削的身影伛偻着，在落叶秋风中踽踽而去……

只有我，只有那个破裂的底座，只有满园秋风，遍地黄叶……

你呢，你在何方？

> 然而，等有一天，如果你忧悒
> 而孤独，请念着我的姓名……

我再也不走那条林荫路，再也不去那个街心花园，我怕再到那里去。你知道吗，我曾经沮丧，曾经心灰意懒，以为一切都已黯淡，一切都已失去，一切儿时的憧憬都是错误的梦幻。没有什么"卡斯达里的泉水"，即使有，也不属于我们这块土地上的这辈人，不属于我……

可是，有一天，我终于忍不住又翻开了你的诗集。哦，你却依然故我，没有任何变化，还是流泉一般清亮而又幽远，还是那么真诚。你那带着金属声的诗篇，优美而又铿锵地在我耳畔响起来：

> 不，我不会完全死去——在庄严的琴弦上
> 我的灵魂将越出腐朽的骨灰永生——
> ……
> 不必怕凌辱，也不要希求桂冠的报偿，
> 无论赞美或诽谤，都可以同样漠视，
> 　和愚蠢的人们又何必较量。

倘若再见到那位白发老人，我会大声地向他宣读你这些诗篇的！然而我很难有机会再见到他了，命运之弓把我弹得很远很远。当我离开这座城市的时候，我没能到这条林荫路来，没能到这个街心花园来，像一片离开枝头的落叶，我被狂风卷走了……

当绿色的原野画卷一般在我跟前展开，当坎坷的田埂蛛网一般在我脚下蜿蜒，当飘忽的油灯用可怜的微光照耀着我的茅屋，当寂寥的晨星如期闪烁在我的小窗……你，便似乎在我的身边出现了。然而已经不是在街心花园里站着沉默的那个你，而是一个活生生的你，一个又潇洒又热情的你，一个又奔放又深沉的你。田野的风清新地吹着，你肩上那件斗篷在风中飘扬，像一叶远帆……

一天流汗之后，散了架似的身体躺在床上，你在油灯的

微光下轻轻地为我吟哦：

> 春夜，在园林的寂静和幽暗里，
> 一只东方的夜莺歌唱在玫瑰丛中……

你为我铺展开一个灿烂的世界，使我在艰苦的跋涉中始终感受到生活的暖风。当我消沉悲观的时候，你总是优美地用你那金属之声，一遍又一遍向我呼吁着：相信吧，快乐的日子就会来临。心儿永远憧憬着未来！……

有时，你笑着召唤我：年轻的朋友，让我们坐着轻快的雪橇，滑过清晨的雪……我把一切烦恼和忧郁都抛在脑后，兴致勃勃地在田野里奔跑着，在山林里徜徉着，在人群中寻觅着……

我真的写起诗来了。我在诗中倾吐我的欢乐、我的苦恼。我追求着……诗，使我的精神和情感变得丰富而又充实。在缤纷的梦境里，我常常踏上久别的林荫路，新生的绿荫轻轻地摇曳着，把我迎进那个三角街心花园。你仿佛从来不曾走开过，依然静静地在那里伫立，沉思着遥望远方，似在等待，似在盼望……

> 时令已经不同，土地已复苏，
> 你看那微风，轻轻舞弄着树梢……

现在，我回来了。怀揣着我的第一本诗集，我忐忑不安地看你来了。然而你没有回来，三角街心花园里，依旧人迹杳然。在你曾经站过的地方，我久久地站着，纷纷扬扬的落叶，温柔地抚摸着我的肩膀……

一位年轻的母亲，携着她的七八岁的女儿，从林荫路走进了街心花园，仿佛来寻找什么。前不久，有消息说你将重返这里，人们大概都知道了吧。母女俩说话了，声音很轻，却异常好听：

"妈妈，就是这里吗？就是爷爷以前常来的地方吗？"

"是的。这里以前有一座铜像。"

"什么铜像？"

"普希金。"

"普希金是谁呢？"

"一个诗人。以后你会认识他的。"

听着，听着，我的眼睛湿润了。啊，孩子的爷爷——会不会是我从前在这里遇到的那位老人呢？也许是，也许不是。他曾经向他的后辈谈着你，不管这世间对你如何冷落。在这一对母女的对话里，我，想起了童年，想起了儿时在这里见到的一切。童年啊……

哦，一切，一切，都将重新开始……

愿你的枝头长出真的叶子

一

记得有一位散文家说过：语言是什么？语言好比是叶子，点缀在你思想的枝头。假如没有这些绿莹莹的可爱的叶子，谁会对你那光秃秃的枝干发生兴趣？

说得好极了。散文的魅力，在很大程度上取决于文章的语言；枯涩的、干巴巴的乏味的语言，不可能组合成动人的篇章。真正的散文家，必须是驾驭文学语言的大师，他们的枝头，一定有着水灵灵的、生机勃勃的叶子，使人一看见眼睛就发亮。

我因此而产生了很多联想呢！读我所喜爱的大师们的散文时，我的眼前常常会出现一些树来：鲁迅——时而是一株参天古银杏,在灿然的夕照中悠然摇曳着茂密的绿叶;时而是一株枸骨,在严寒中凛然挺着不屈的利刺。朱自清——那是一株朴实而又优雅的梧桐,那些阔大的树叶在阳光下飘动时,使人感到可亲可近;当月亮升起以后,它们会变得无比美妙。陆蠡—— 一棵精巧的常春藤,那些柔弱美丽的叶子在幽暗中顽强地伸向阳光……泰戈尔——那是一株南国的菩提树,在那些我无法确切描绘形状的叶瓣下,隐蔽着神秘的果子。阿索林—— 一棵西班牙的丁香树,晚风里飘荡着那绿叶的清芬。卢森堡—— 一棵秋天的红枫,每一片红叶都像一团火,优美地燃烧……

也许你以为我想得玄乎,不信,你可以自己试一试。

二

我也因此而钻过牛角尖呢!我曾经以为华丽的语言便是一切,只要拥有丰富的词藻,只要善于驾驭语言,就可以写成美妙动人的散文。

我曾经苦苦地想着:怎样使我的叶子丰满起来,缤纷起来。我要变成一棵绿叶繁茂的大树!于是,我曾经有过一本又一本"描写辞典""佳句摘录",有过雪片似的词汇卡片……

我的文字,也确乎华丽过一阵——写日出,可以用数十个形容词渲染朝霞的色彩；写月光，可以清泠泠地抖出一大堆晶莹的、闪光的词汇，而且博引古今，从李太白"举头望明月"，苏东坡"把酒问青天"，一直到贝多芬的《月光奏鸣曲》……这些华丽而又缤纷的文字，先后被我扔进了废纸篓，因为，没有人爱读它们，我自己，也无法被它们打动。年少的朋友说：太花俏了，没什么意思。年长的行家说：没有真情，没有你自己！

我的心里咯噔一下，就像有一阵强劲的秋风狠狠吹来，一下子扫落了我从许多树上摘来披在自己身上的叶子。哦，这些叶子，不是属于我的！我光秃秃了，只剩下几根可怜的枝干。

没有真情，没有你自己！年长的行家道出了我的症结。披一身花花绿绿的假叶子，怎么会不让人讨厌！

我只顾到处找叶子，竟忘记了自己的枝干！真的，属于我自己的叶子，只能从我自己的枝头长出来！用自己枝干中的水分、营养催动那些孕在枝头的嫩芽，让它们挣破羽壳，展开在阳光下，不管它们是圆圆的还是尖尖的，不管它们是阔大的还是细小的，它们总是有别于其他树叶，它们才是属于你自己的。正因为如此，它们才可能吸引世人的目光。当然，知音永远只是一部分人。

于是我努力地在自己的枝头培育自己的叶子。那些由我辛辛苦苦采撷来的、被秋风扫落的华美的叶子，并非一无所用，它们堆集在我的根部，变成了丰富的养料。我用我的逐渐发达的根须努力吸收它们，使它们融入我的躯干——终于有一点叶子，从我的枝头长出来了……

我继续写散文。我努力用自己的口吻倾吐我对生活，对人生的感受和思索，倾吐我的爱、我的恨，用我自己的语言描述我的所见所闻。怎么看，怎么想，就怎么说。似乎不如从前缤纷了，但这是真的叶子。

三

是的，只有那些表达着、蕴涵着真情的语言，才是真正的散文语言，只有用这样的语言才能组合成真正的好散文。

不要以为它们都是色彩缤纷，绝不是这样的。试想，假如每棵树上都一律长满花花绿绿的七色叶子，森林必将失去它的魅力。

谈到散文的语言时，巴乌斯托夫斯基曾经这样讲：

> （普利希文的散文的）词藻开着花，发着光。它们时而像草叶一样簌簌低语，时而像泉水一样淙淙有声，时而像飞鸟一般啼啭，时而像最初的冰一样发出细碎的声音，也像星移一般，排成缓缓的行列，落在我们的记忆里。

单纯,比光辉,缤纷的色彩,孟加拉的晚霞,星空的灼烁,比那些好像强大的瀑布、像整个由树叶和花朵做成的尼亚加拉瀑布的,皮上有光彩的热带植物,对内心的作用还要大……

四

很偶然地读到温·丘吉尔的《我与绘画的缘分》。这位叱咤风云的英国首相,居然也写过散文。他当然不在散文大家之列,可《我与绘画的缘分》却结结实实地抓住了我,我喜欢它,它不同一般。他的语言是明白晓畅的,接近于朴实无华,就像随随便便和朋友聊天,谈往事,谈他对绘画的热爱和理解。然而他的机智,他的敏锐,他的顽强不屈,甚至他的勃勃雄心,却可以从那些平平淡淡的语言里流出来,闪出来,蹦出来。如果用树作比喻的话,我不知道该把他比作什么树,正像我叫不出植物园里的许多树一样,这毫不足怪。然而它的叶子与众不同,有特点,有个性,我能在万木丛中一眼认出它来。而有许多写过不少散文的作家,我却无法在丛林中辨认它们。也许这就是所谓"性格的力量"吧。我们不妨学学丘吉尔,在追求散文语言的个性化上下一番功夫。

是的，光吐露真情还不够，必须尽可能充分地展现个性，有个性才能自成风格。我想，世界上有多少树，有多少形形色色的叶子，就应该有多少风格迥异的散文语言。只要长在坚实的枝头上，所有的叶子都会有它的动人之处。当白玉兰树以阔大的绿叶迎接着雨滴，为能发出古筝般的奇响而骄傲时，小小的黄杨也正用瓜子般的小圆叶托起雨滴，像捧着无数亮晶晶的珍珠；当香山的黄栌以火一般的红叶燃遍群山的时候，山脚下的银杏也正用金黄的叶瓣吸引游人的目光……

五

朋友，如果你写散文，你不妨翻开你的稿笺，观赏一下你自己的叶子，看看它们是不是真正属于你的。

愿你的枝头长出真的叶子来！

致大雁

一

在澄澈如洗的晴空里,你们骄傲地飞翔……
在乌云密布的天幕上,你们无畏地向前……
在风雨交加的征途中,你们欢乐地歌唱……
秋天——向南;春天——向北……
仰起头,凝视你神奇的雁阵,我总会有一阵微微的激动,有许多奇妙的联想,有一些难以得到解答的疑问……
大雁啊,南来北去的大雁,你们愿意在我的窗前小作停留,和我谈谈么?

二

有人说你们怯懦——

是为了逃避严寒,你们才赶在第一片雪花飘落之前,迎着深秋的风,匆匆地离开北国,飞向南方……

是为了躲开酷暑,你们才赶在夏日的炎阳烤焦大地之前,浴着暮春的雨,急急地离开南方,飞向北国……

是怯懦么?

为了这一份"怯懦",你们将飞入漫长而又曲折的征途,等待你们的,是峻峭的高山,是茫茫的森林,是湍急的江河,是暴风骤雨,是惊雷闪电,是无数难以预料的艰难和险阻……然而你们起程了,没有半点迟疑,没有一丝畏缩,昂起头颅,展开翅膀,高高地飞上天空,满怀信心地遥望着前方……

是什么力量,驱使你们顽强地做着这样长途的飞行?是什么原因,使你们年年南来北往,从不误期?

是曾经有过山盟海誓的约会么?

是为了寻找稀世的珍宝么?

告诉我,大雁,告诉我……

三

如果可能,我真想变成一片宁静的湖泊,铺展在你们的征途中。夜晚,请你们停留在我的怀抱里,我要听听你们喁喁私语,听你们倾吐遥远的思念和向往,诉说征程中的艰辛和欢乐……

如果可能,我也想变成一片摇曳着绿荫的芦苇荡,欢迎你们飞来宿营。也许,当我的温柔的绿叶梳理过你们风尘仆仆的羽毛,掸落你们翅膀上的雨珠灰土之后,你们会向我一吐衷曲,告诉我许多不为世人所知的隐秘的奇遇……

当然,我更想变成你们中间的一员,变成一只大雁。我要紧跟着你们勇敢的头雁,看它是如何率领着雁阵远走高飞的。我要看看——

在扑面而来的狂风之中,你们是如何尖厉地呼号着,用小小的翅膀,搏击强大的风魔……

在倾盆而下的急雨之后,你们是如何微笑着抖落满身水珠,重新蹿入云空……

在突然出现的秃鹫袭来之时,你们是如何严阵以待,殊死相搏……

我要看看,在你们的战友牺牲之后,你们是如何痛苦地徘徊盘旋,如何伤心地呜咽悲泣。也许,你们会允许我和你们一起,围着那至死仍作展翅高飞状的死者,一起洒下一行崇敬的眼泪……

四

猛烈凶暴的飓风和雷电,曾经使你们的伙伴全军覆灭——在进行了悲壮的搏斗后,天空里一时消失了你们的队列,消失了你们的歌声;广阔无垠的原野上,撒满了你们的羽毛;奔腾起伏的江河里,漂浮着你们的躯体……

我知道你们曾悲哀,你们曾流泪,然而你们会后悔么?你们会因此而取消来年的旅程,因此而中断你们的追求么?

不会的!不会的!

当春风再度吹绿江南柳丝的时候,你们威严的阵容,便又会出现在辽阔的天幕上,向北,向北……

当秋风再度熏红塞外柿林的时候,你们欢乐的歌声,便又会飘漾在湛蓝的晴空里,向南,向南……

你们怎么会后悔呢!你们的追求,千年万载地延续着,从未有过中断!

我想象你们刚刚啄破蛋壳的雏雁,当你们大张着小嘴嗷嗷待哺的时候,也许就开始聆听父母叙述那遥远的思念,解释那永无休止的迁徙的意义了。而当你们第一次展开腾飞的翅膀,父母们便要带着你们去长途跋涉……

我想象你们耗尽了精力的老雁,当秋风最后一次抚摸你们衰弱的翅膀,当大地最后一次向你们展示亲切的面容,当后辈们诀别你们列队重上征程,你们大概会平静地贴紧了泥土,安心地闭上眼睛的——你们是在追求中走完了生命之路啊!

大雁,渺小而又不凡的候鸟家族啊,请接受我的敬意!

五

雁阵又出现在湛蓝的晴空里。

我站在地上,离你们那么遥远。然而我觉得离你们很近。我的思绪,常常会跟着你们远走高飞……真的,我真想像你们一样,为了心中的信念,毕生飞翔,毕生拼搏。

日晷之影

> 影子在日光下移动,
> 轨迹如此飘忽。
> 是日光移动了影子,
> 还是影子移动了日光?
>
> ——题记

我梦见自己须髯皆白,像一个满腹经纶的哲人,开口便能吐出警世的至理格言。我张开嘴巴,却发不出一点声音。

我走得很累,坐在路边的石头上轻轻地喘息,我的声音却在寂静中发出悠长的回声。

时间啊,你正在前方急匆匆地走,为什么,我永远也无法追上你?

时间是不是一种物质？说它不是，可天地间哪一件事物与它无关？说它是，它无形无色无声，谁能描绘它的形状？

　　说它短促，它只是电光闪烁般的一个瞬间。然而世界上有什么事物比它更长久呢，它无穷无尽，可以一直往上追溯，也可以一直往下延续，天地间永远没有它的尽头。

　　说时间如流水，不错，水在大地上奔流，没有人能阻挡它奔腾向前。然而水流有干涸的时候，时间却永不停止它的前行。说时间如电光，不错，电光一闪，正是时间的一个脚步。电光闪过之后，世界便又恢复了它的沉寂和黑暗。那么，时间究竟是闪烁的电光，还是沉寂和黑暗？

　　我们为时间设定了很多标签，秒，分，小时，天，旬，月，年，世纪……对于人类来说，每一个标签都有特定的意义，因为，在这个时刻，发生了对于某些人具有特殊意义的事件，比如某个人诞生，某一场战争爆发，某一个时代开始……然而对于时间来说，这些标签有什么意义呢？一天，一个月，一年，一个世纪，在世间的长河中都只能是一滴水，一朵浪花，一个瞬间。

　　再伟大的人物，在时间面前，都会显得渺小无能。叱咤风云的时候，时间是白金，是钻石，灿烂耀眼，光芒四射。然而转瞬之间，一切都已经过去，一切都变成了历史。

　　根据爱因斯坦的假设，如果能以光的速度奔跑，我就能走进遥远的历史，能走进我们的祖先曾经生活过的世界。于是，我便也能以现代人的观念，改写那些已经写进人类史册的历史，为那些黑暗的年代点燃几盏光明的灯火，为那些狂热的岁月泼一点清醒的凉水。我也能想办法改变那些曾经被扭曲被冤屈的历史人物的命运，避免很多人类的悲剧。我可以阻止屈原投江，解救布鲁诺出狱，我可以使射向普希金的子弹改变方向，也能使希特勒这个罪恶的名字没有机会出现在世界上……

然而我也不得不自问，如果我改变了历史，改变了祖先们的命运，那么，这天地之间还会不会有我此刻所处的世界，还会不会有我这样一个人？

我想，我永远也不可能以光速奔跑，我的同类，我的同时代人，我的后代，大概都不可能这样奔跑。所以我不可能改变历史，而且，我并不想做一个能改变历史的好汉。爱因斯坦也一样，他再聪明伟大，也无法改变已经过去的历史，即使他能以光速奔跑。

在乡下"插队"时，有一次干活休息，我一个人躺在一棵树下，斑驳的阳光透过树叶的缝隙照在我的身上。我的目光被视野中的一条小小的青虫吸引，它正沿着一根细而软的树枝，奇怪地扭动着身体，用极慢的速度往上爬。在阳光的照射下，它的身体变得晶莹透明。可以想象，对它来说，做这样的攀登是何等艰难劳累。小青虫费了很多时间，攀登到了树枝的顶端，再也无路可走。这时，一阵风吹来，树枝摇晃了一下，小青虫被晃落在地。这可怜的小虫子，费了这么多时间和气力，却因为瞬间的微风而功亏一篑。我想，我如果是这条小青虫，此刻将会被懊丧淹没。小青虫在地上挣扎了一会儿，又慢慢在地上爬动起来，我想，它大概会吸取教训，再也不会上树了。我在树下睡了一觉，醒来的时候，发现那条小青虫竟然又爬到了原来那根细树枝上，它还是那样吃力地扭动着身体，慢慢地向上爬……这小青虫使我吃惊，我怎么也不明白，是什么力量使它如此顽强地爬动，是什么原因使它如此固执地追寻那条走过的路，它要爬到树枝上去干什么？然而小虫子的执着却震撼了我。这究竟是愚昧还是智慧？

这固执坚韧的小青虫使我想起了希腊神话中的西西弗。西西弗死后被打入地狱，并被罚苦役：推石上山。西西弗花费九牛二虎之力，将一块巨石推到山顶，巨石只是在山顶作瞬间停留，又从原路滚落下山。西西弗必须追随巨石下山，重新一步一步将它推上山顶，然后巨石复又滚落，西西弗又得开始为之拼命……这种无效无望的艰苦劳作往复不断，永无穷尽。责令西西弗推石的诸神以为这是对他最严厉的惩罚。西西弗无法抗拒诸神的惩罚，然而推石上山这样一件艰苦而枯燥的工作，却没有摧垮他的意志。推石上山使他痛苦，也使他因忙碌辛劳而强健。有人认为，西西弗的形象，正是人类生活的一种简洁生动的象征，地球上的大多数人，其实就是这样活着，日复一日，重复着大致相同的生活。那么，我们生活的世界难道就是一个地狱？当然不是。加缪认为，西西弗是快乐而且幸福的，他的命运属于他自己，他推石上山是他的事情。他为把巨石推上山顶所作的搏斗，本身就足以使他的心里感到充实。

西西弗多像那条在树枝上爬动的小青虫。将时光和精力全部耗费在无穷的往返中，耗费在意义含混的劳役里，这难道就是人生的缩影？

我当然不愿意成为那条在树枝上爬动的小青虫，也不希望成为永远推着巨石上山的西西弗。我只想做一个普通的人，按自己的心愿生活。可是，我常常身不由己。

人是多么奇怪，阴霾弥漫的时候盼望云开日出，盼望阳光普照大地，晴朗的日子里却常常喜欢天空飘来云彩遮住太阳。黑暗笼罩天地的时候，光明是何等珍贵，一颗星星，一堆篝火，一点豆火，都会是生命的激素，是饥渴时的面包和清泉，是死寂中美妙无比的歌声，是希望和信心。如果世界上消失了黑夜，那又会怎么样呢？那时，光明会成为诅咒的对象，诗人们会对着太阳大喊：你滚吧，还我们黑夜，还我们星星和月亮！我们的祖先早已对此深有体验，后羿射日的故事，大概不是凭空杜撰出来的。

造物主给人类一双眼睛，我们用它们看自然，看人生，用它们观察世界上发生的一切事情。我们也用它们表达情感,用它们笑,用它们哭——多么奇妙,我们的眼睛会流出晶莹的液体。

婴儿刚从母体诞生时,谁也无法阻止他们的哇哇啼哭。他们不在乎任何人的看法,放开喉咙,无拘无束,大声地哭,泪水在他们红嫩的小脸上滚动,嘹亮的哭声在天地间回荡。哭,是他们给这个迎接他们到来的世界的唯一回报。

婴儿为什么哭?是因为突然出现的光明使他们受了惊吓,是因为充满空气的世界远比母亲的子宫寒冷,还是因为剪断了连接母体的脐带而疼痛?不知道。然而可以肯定,此时的哭声,没有任何悲伤的成分。诗人写诗,把婴儿的啼哭比作生命的宣言,比作人间最欢乐纯真的歌唱,这大概不能说错。而当婴儿长成孩童,长成大人后,有谁能记得自己刚钻出娘胎时的哭声,有谁能说清楚自己当时怎样哭,为什么而哭。诗人们自己也说不清楚。无助无知的婴儿,哭只是他们的本能。我们每个人当初都曾经为这样的本能大声地、毫不害羞地哭过。没有这样的经历,大概不能成为一个真正的人。

当我们认识了世事,积累了感情,有了爱憎,当我们开始在意自己的形象和表情,哭,就成了问题。哭再不可能是无意识的表情,眼泪,和悲哀、忧伤、愤怒、欢乐联系在一起。有说"姑娘的眼泪是金豆子",也有说"男儿有泪不轻弹",流眼泪,成了生命中的严重事件。

人人都经历过这样的严重事件。我想,当我的生活中消失了这样的"严重事件",当我的眼睛失去了流泪的功能,我的生命大概也就走到了尽头。

心灵为什么博大?因为心灵在成长的过程中,经历了无数细微的情节,它们积累,沉淀,像种子在灵魂深处萌芽,生根,长叶,最终会开出花朵。把心灵比作田地,心田犹如宽广的原野,情感和思索的种子在这原野里生生灭灭,青黄相接,花开不败。我们视野中的一切,我们思想中的一切,我们所有的喜怒哀乐,都在这辽阔无边的原野中跋涉驰骋。

生命纵然能生出飞舞的翅膀,却无法飞越命运的屏障,无法飞越死亡。我们只是回旋在受局限的时空里,只是徘徊在曲折的小路上。对于个人,小路很短,尽头随时会出现。对于人类,这曲折的小路将永无穷尽。

活着,就往前走吧。我不知道前面会出现什么,但我渴望知道,于是便加快脚步。在天地之间活相同的时间,走的路却可能完全不同,有人走得很远,看见很多美妙的景色,有的人却只是幽囚于斗室,至死也不明白世界有多么辽远阔大。

我常常回过头来找自己的脚印,却无法发现自己走过的路在哪里,无数交错纵横的脚印早已覆盖了我的足迹。

仰望天空，我永远也不会感到枯燥和厌倦。飞鸟划过，把自由的向往写在天上。白云飘过，把悠闲的姿态勾勒在天上。乌云翻滚时，瞬息万变的天空浓缩了宇宙和人世的历史，瞬间的幻灭，演示出千万年的动荡曲折。

最神奇的，当然是繁星闪烁的天空。辽阔，深邃，神秘，无垠……这些字眼，都是为夜空设置的。人间的神话，大多起源于这可望及而不可穷尽的星空。仰望夜空时我常常胡思乱想，中国的传说和外国的神话在星光浮动的天上融为一体。

嫦娥为了追求长生而投奔月宫，神女达芙妮为了摆脱宙斯的追求变成了一棵月桂树，嫦娥在月宫里散步时走到了达芙妮的月桂树下，两个同样寂寞的女神，她们会说些什么？

周穆王的八骏马展开翅膀腾云驾雾，迎面而来的，是赫利俄斯驾驭着那四匹喷火快马曳引的太阳车，中国的宝驹和希腊的神马在空中擦肩而过，马蹄和车轮的轰鸣惊天动地……

射日的后羿和太阳神阿波罗在空中相遇，是弓剑相见，还是握手言欢？

有风的时候，我想起风神波瑞阿斯，他拍动肩头的翅膀，正在天上呼风唤雨，呼啸的大风中，沙飞石走，天摇地撼。而中国传说中的风姨女神，大概也会舞动长袖来凑热闹，长袖过处，清风徐来，百鸟在风中飞散，落花在风中飘舞……我由此而生出奇怪的念头：风，难道也有雌雄之分？

在寂静中，我的耳畔会出现《荷马史诗》中描绘过的"众神的狂笑"，应和这笑声的，是孙悟空大闹天宫时发出的漫天喧哗……

有时候，晴朗的夜空中看不见星星。夜空漆黑如墨，深不可测。于是想起了遥远的黑洞。

黑洞是什么？它是冥冥之中一只窥探万物的眼睛。它目力所及的一切，都会无情地被它吸入，消亡在它无穷无尽的黑暗里。也许，我和我的同类，都在它的视线之内，我们都在经历被它吸入的过程。这过程缓慢而无形，我们感觉不到痛苦，然而这痛苦的被吸入过程正在有条不紊地进行。

那么，那些死去的人，大概是完成了这样的痛苦。他们离开世界，消失在黑洞中。活着的人们永远也无法知道他们被吸入黑洞一刹那的感觉。

发现了黑洞的霍金坐在轮椅上，他仰望星空的目光像夜空一样深不可测。

宇宙的无边无际，我从小就想不明白，有时越想越糊涂。天外有天，天外的天外的天又是什么？至于宇宙的成因，就更加使我困惑。据说，在极遥远的年代，宇宙产生于一次大爆炸，这威力巨大的爆炸使宇宙在瞬间膨胀了无数亿倍。今天的宇宙，仍在这膨胀的过程中。爱因斯坦的广义相对论为这样的"爆炸"和"膨胀"说提供了依据。

于是坐在轮椅上的霍金说话了:"假如膨胀宇宙论是正确的,宇宙就包含有足够的暗物质,它们似乎与构成恒星和行星的正常物质不同。"

"暗物质",也就是隐形物质,据说它们占了宇宙物质的百分之九十。也就是说,在天地之间,大多数的物质,我都看不见摸不着,它们包围着我,而我却一无所知。多么可怕的事情!

科学家正在很辛苦地寻找"暗物质"存在的依据。这样的探寻,大概是人世间最深奥最神秘的工作。但愿他们会成功。

而我们这样平凡的人,此生大概只能观察、触摸那百分之十的有形物质。然而这就够了,这并不妨碍我的思想远走高飞。

一只不知名的小花雀飞到我书房窗台上。灰褐色的羽毛中,镶嵌着几缕耀眼的鲜红。这样可爱的生灵,还好没有归入隐形的一类。花雀抬起头来,正好撞到了我凝视的目光。它瞪着我,并不因为我的窥视而退缩,那对闪闪发亮的小眼睛,似乎凝集了天地间的惊奇和智慧。它似乎准备发问,也准备告诉我远方的见闻。

我向它伸出手去,它却张开翅膀,飞得无影无踪。

为什么,它的目光使我怦然心动?

微风中的芦苇姿态优美,柔曼妩媚,向世界展示生命的万种风情。微风啊,你是生命的化妆品,你用轻柔透明的羽纱制作出不重复的美妙时装,在每一株芦苇身边舞蹈。你把梦和幻想抛撒在空中,青翠的芦叶和银白的芦花在你的舞蹈中羽化成蝴蝶和鸟,展翅飞上清澈的天空。

微风轻漾时,摇曳的芦苇像沉醉在冥想中的诗人。

在一场暴风雨中,我目睹了芦苇被摧毁的过程。也是风,此时完全是另外一副面容,温和文雅不知去向,取而代之的是疯狂和粗暴,撕裂的绿叶在狂风中飞旋,折断的苇秆在泥泞中颤抖……这是一场实力悬殊的战争,是强大的入侵者对无助弱者的蹂躏和屠杀。

暴风雨过去后,世界像以前一样平静。狂风又变成了微风,踱着悠闲的慢步徐徐而来。然而被摧毁的芦苇再也无法以优美的姿态迎接微风。微风啊,你是代表离去的暴风雨来检阅它的威力和战果,还是出于愧疚和怜悯,来安抚受伤的生命?

芦苇无语。倒伏在地的苇秆上,伸出尚存的绿叶,微风吹动它们,它们变成了手掌,无力地摇动着,仿佛在表示抗议,又像是为了拒绝。

可怜的芦苇!它们倒在地上,在微风中舔着伤口,心里决不会有报仇的念头。生而为芦苇,永不可能成为复仇者。只能逆来顺受地活下去,用奇迹般的再生证明生命的坚忍和顽强。

而风，来去无踪，美化着生命，也毁灭着生命。有人在赞美它的时候，也有人在诅咒它们。

无须从哲人的词典里选取闪光的词汇为自己壮胆。活在这世上，每一个人都具备了做一个哲人的条件。你在生活的路上挣扎着，你在为生存而搏斗，你在爱，你在恨，你在寻求，你在追求一个目标，你在为你的存在而思索，为你的行动而斟酌，你就可能是一个哲人。不要说你不具备哲人的智慧和深沉，即便你木讷少言，你也可能口吐莲花。

行者，必有停留之时。在哪一点上停下来其实并不重要。要紧的是停下来之前走了多少路，走到了什么地方，看见了一些什么。

将生命停止在风景美妙的一点上，当然有意思。即便是停止在幽暗之处，停止在人迹罕至的场所，停止在荒凉的原野，也不必遗憾。只要生命能成为一个坐标，为世人提供一点故事，指点一段迷津，你就不会愧对曾经关注你的那些目光。

我仰望天空，我知道上苍在俯视我。我头顶的宇宙就是上帝，我无法了解和抵达的一切，都凝聚在上帝的目光中，这目光深邃博大，能包容世间万物。

我想，唯一无法被上帝探知的，是我的内心。你知道我在想什么，我在憧憬什么，我在期待什么？上帝，你不知道，我也不会告诉你。如果你以为你已洞察一切，那么你就错了。

是的，对于我的内心来说，我自己就是上帝。

光　阴

谁也无法描绘出他的面目，但世界上到处都能听到他的脚步声。

当枯黄的树叶在寒风中飘飘坠落时，当垂危的老人以留恋的目光扫视周围的天地时，他还是沉着而又默然地走，叹息也不能使他停步。

他从你的手指缝里流过去。

从你的脚底下滑过去。

从你的视野你的思想里飞过去……

他是一把神奇而又无情的雕刻刀，在天地之间创造着种种奇迹。他能把巨石分裂成尘土，把幼苗变成大树，把荒漠变成城市和园林。他也能使繁华之都衰败成荒凉的废墟，使闪亮的金属爬满绿锈，失去光泽。老人额头的皱纹是他镂刻出来的，少女脸上的红晕也是他描画出来的。生命的繁衍和世界的运动全都由他精心指挥着。

他按时撕下一张又一张日历，把将来变成现在，把现在变成过去，把过去变成越来越远的历史。

他慷慨。你不必乞求，属于你的，他总是如数奉献。

他公正。不管你权重如山，腰缠万贯，还是一介布衣，两袖清风，他都一视同仁。没有人能将他占为己有，哪怕你一掷千金，他也决不会因此而施舍一分一秒。

你珍重他，他便在你的身后长出绿荫，结出沉甸甸的果实。你漠视他，他就化成轻烟，消散得无影无踪。

有时，短暂的一瞬会成为永恒，这是因为他把脚印深深地留在了人们的心里。

有时，漫长的岁月会成为一瞬，这是因为风沙淹没了他的脚印。

钱这个东西

在这个世界上,还有什么比钱这个东西更令人困惑呢?

轻轻薄薄几张纸片,却可以用它们换取各种各样的物质,从而改变你的生活,改变你的心情,改变你的地位,改变你的形象。所以塞万提斯感慨:"金钱是世界上最坚实的基础。"莎士比亚则一边摇头一边叹息:"唉,没办法,只有钱才能使你到处通行。"

是的,在很多人的心目中,钱是最美妙的东西,它能使你傲视天下,使你美梦成真。钱主宰着社会的发展,也主宰着人的感情和意志。当今的那么多伟业和善举,哪一件不和钱连在一起?没有钱,一切豪迈的设想和宏大的计划都是空谈;没有钱,你会在竞争激烈的商场上挺不直腰杆抬不起头;没有钱,你连对付饥饿都无能为力……钱啊钱,难道人类真要永远仰起脑袋来崇拜你?

然而,翻开人类的词典,也可以找到无数对钱的诅咒:"金钱是万恶之源!""换取金钱的代价是自由。""钱可以让好人含冤而死,也可以让盗贼逍遥法外。"甚至有哲人大声呼吁:"让我们都蔑视金钱吧!"

事情就是这么不可思议。钱就像一把双刃剑,把它的两面锋刃对着人类道德相悖的两个方面。有时候,钱可以成为成功的标志,对企业家和商人来说,通过合法手段赚得的钱越多,他们的事业就越成功;有时候,钱也可以成为罪行的记录,对那些盗贼和贪官污吏来说,他们偷盗贪污的钱财越多,他们的罪行就越严重,钱可以把他们送进监狱,送上断头台。有时候,钱可以成为高尚和善良的象征,在资助灾区和贫困者的捐款箱前,那些往箱子里投钱的手是多么优美;有时候,钱也可以成为无耻和腐败的佐证,在赌桌上,在妓院里,那些大把撒钱的手是多么丑陋。钱可以使高贵的心灵更显得慷慨,也可以使卑贱的灵魂显露出斑斑劣迹……

拼命追求钱的人,常常被钱压弯了腰,甚至被钱摧毁了人格;鄙视钱的,却也离不开钱,没有钱,便无法得到维持生命的元素。在现代社会,你想遁入荒郊,与自然天籁为伴,靠泉水野果充饥,采树叶柴草蔽体,这是痴人说梦。

钱哪,有人为它笑,有人为它哭,有人为它疯狂,有人为它堕落……

其实，钱本身并无美丑善恶，是发明它的人类在使用操纵它的时候使它发生了种种变异。所以有人感慨：金钱是个好仆人，但是个坏主人。

不错，现代人的生活离不开钱。但是，人类社会如果被一个"钱"字笼罩，被一个"钱"字统治，被一个"钱"字覆盖，那也许是文明的末日。

我相信，有些古老的法则，大概永远不会变化。钱的富有，绝不等于精神的富有；钱的贫乏，也不等于灵魂的贫乏。精神的财富，金钱无法标价，譬如高贵的人格、坚贞的爱情、真挚的友谊、美好而伟大的艺术……

假如你拥有一颗善良、正直而博大的心，那么，不管你腰缠万贯还是囊中羞涩，你的灵魂都可以朗如日月，清如明镜。

假如你欲海无边、贪得无厌，那么，钱总有一天会成为埋葬你的坟墓。

当然，非常遗憾，这个世界，还不会根据人的品格和真正的需要来分配金钱。希望有那么一天，人与人之间没有贫富之分。或者这样：让所有正直勤劳聪明的好人都成为富翁，而那些心怀叵测的卑鄙小人，则与贫穷为伍。也许，这也是痴人说梦。

不过，请记住，在这个世界上，还有比钱更重要、更珍贵的东西。

历 史

一

历史是什么？

它看不见摸不着没有固定的形态。然而它涵盖所有流逝的岁月。没有人能够躲避它的剖视。就像一个人在海里游泳无法摆脱海水的拥抱，你跃出海面潜入海底，海水还是要淹没你，哪怕你变成一条飞鱼，展翅在天空滑翔，最后免不了仍会落进海里。没有人能够超越历史。

那么，历史是什么呢？

二

　　一片土地的沧桑变迁可以是一部历史。
　　一个民族的盛衰兴亡可以是一部历史。
　　一个家庭的悲欢离合可以是一部历史。
　　一个人的生活旅程可以是一部历史。
　　一场战争可以是一部历史。
　　一场球赛可以是一部历史。
　　……
　　历史可以很长很长，长如黄河扬子江，生命的旅途有多么漫长它就有多么漫长，人类的年龄有多么古老它就有多么古老。
　　历史可以很大很大，大如东海太平洋，世界有多么辽阔它就有多么辽阔，宇宙有多么浩瀚它就有多么浩瀚。
　　历史可以很短很短，只是一个冬天或者一个夏天，只是抽一支烟的片刻，甚至只是眨眼瞬间。
　　历史可以很小很小，小到一个庭院，一孔窑洞，甚至小到一个蚁穴。
　　过去的一切，都是历史。

三

历史不是一张白纸,你想涂成什么颜色就可以是什么颜色。

历史不是一块橡皮泥,你想捏成什么模样就可以是什么模样。

历史不是一块绸缎,任你随心所欲剪裁成时髦的衣裳装饰自己。

历史不是一把吉他,任你舞动手指在弦上弹出你爱听的曲子。

历史是出窑的瓷器,它已经在烈火的煎熬中定型。你可以将它打碎,然后还原起来,它仍然是出炉时的形象。

历史是汹涌的潮汐,它呼啸着冲上沙滩时人人都为之惊叹。它悄然退落时,许多人竟会忘却它的磅礴,忘却它曾经汹涌过,呼啸过,然而海滩忠实地记录着它的足迹,没有什么力量能将这足迹擦去。

白蚁可以将史书蛀得千疮百孔,但历史却不会因此而走样。装潢精致堂皇的典籍未必是真历史。墨,可以书写真理,也可以编织谎言。谎言被重复一千次依然是谎言,真理被否定一万次终究是真理。

四

是的,历史是起伏的潮汐。涨潮,未必是历史的峰巅;落潮,也不是历史的中断,更不是历史的倒退,落潮之后,必定会有新的潮汐。

在历史的潮汐中,个人只能是其中的一簇浪花。有人一生都想做一个冲浪者,脚踏着冲浪板,在迭起的浪峰上做种种令人惊叹的表演。然而他们不可能永远凌驾于浪峰之上,潮头总要把他们打入水中。而那些企图逆流而行的弄潮者,在历史前进的惊天动地的涛声中,他们的呼喊留不下一丝回声。

历史将前进,这是必然。

居里夫人的伟大发现

光线幽暗的棚屋里,一个年轻的妇人穿着灰迹斑斑的旧工作服,手持一根和她身高差不多长的铁条,不停地搅动一大锅沸腾的溶液。她的动作熟练,像一个习惯于辛苦劳作的女工。

屋外正在下雨,雨点打在玻璃棚顶上,发出清脆而杂乱的微响,让人听得心烦。雨水渗过屋顶,漏得满屋子都是水。她凝视着在铁锅里翻滚气泡的溶液,双手重复着摆动铁条的动作,目光沉着平静。日复一日,她一直在做这件艰苦而枯燥的事情。

住在娄蒙路上的人们都熟悉她,熟悉这间简陋的棚屋,还有从棚屋里飘出的气味辛辣的白烟。若是晴天,她会把铁锅搬到棚屋外的院子里,在那棵榉树的绿荫下工作,她的头发随风扬起,和溶液的白烟一起飘动。

她是谁?她在干什么?

这位年轻妇人,是居里夫人。1898年,居里夫人和她的丈夫一起,发现了一种未被人知晓的金属,它以微小的含量混杂在其他矿物质中,寻找和提炼它,确定它的化学性质,是一件极其困难的工作。

居里夫妇没有经费,没有实验室,也没有帮手。怎么办?他们只能因陋就简,利用最简单的设备,开始做这件在旁人看来匪夷所思的事情。

娄蒙路的那间旧棚屋,夏天像锅炉,冬天像冰窟,刮风时,风从棚壁的裂缝中钻进来满屋子乱窜,下雨时,屋里到处是滴滴答答的漏水声,积水就在他们脚边流淌。如果风雨交加,棚屋就会像一艘在波涛中颠簸的破船。

整整四年时间,居里夫妇就在这样艰苦的条件下工作。第一年,他们共同从事新金属的化学分析工作,并且研究它的放射作用。不久,他们认为两个人分工合作的效率更高。居里先生试着确定新元素的特性,而居里夫人选择了应由男人来做的体力活,她独自一人搬运蒸馏器,倒出溶液,每天连续几个小时搅动在冶锅里沸腾的材料,溶液的气体刺激着她的眼睛和咽喉,损毁着她的健康。晚上回到家里,她总是筋疲力尽地瘫倒在床上,累得说不出一句话来。

这神秘的新元素,似乎隐匿得很深,不想被人类认识,它行踪诡秘,千方百计躲避着向它逼近的探索者。但是它遇到的是一个世间最顽强的女人。居里夫人像一只勇敢的蚂蚁,奇迹般地搬开挡在她面前的一堆巨大的石头,一步一步走向自己的目标,没有任何力量能阻挡她坚定执着的脚步。

居里夫人认为,在这间旧棚屋中度过的这几年,是她"一生中最好最快乐的时光"。虽然辛劳疲惫,但她总是兴致勃勃。对一个科学家来说,还有什么比创造和发现更令人兴奋呢?那新的元素如同夜空中一颗时隐时现的星星,闪烁着无比神奇的光芒,时时刻刻吸引着她,召唤她来揭开神秘的面纱。窄陋的旧棚屋里,飞翔着智慧的精神。

沉浸在工作中时,居里夫妇很少说话。

有时居里先生会离开自己的试验台,走到居里夫人身边,居里夫人也停下手里的活,两个人站在窗前,随便交谈着。他们的对话,有时深奥莫测,有时却天真如童稚。他们的话题,当然总是离不开那新元素。

一次,居里夫人问丈夫:"我真想知道,它是什么模样,它的相貌如何。在你的想象中,它是什么形状?"

居里先生用爱怜的目光端详着憔悴的妻子,轻声答道:"我想它一定会有很美丽的颜色。"

居里夫人艰辛的探索终于有了结果。那是一个奇妙的夜晚,居里夫妇悄悄走进那间棚屋,他们没有点灯,在黑暗中,他们看见了一簇一簇蓝色的荧光闪闪烁烁,犹如天上的星星撒落在他们的面前。这就是居里夫人苦苦寻觅而得的新金属。它们已被装进玻璃瓶,成为人类的俘虏。

这新金属,是镭。就是在这样一个简陋的棚屋里,居里夫人以她的智慧和毅力,完成了科学史上一个伟大的发现。

我们的国歌

一位老华侨含着泪水告诉我:

在海外听到我们的国歌,我总是忍不住流泪,我会因为自己是一个中国人而热血沸腾!

我一次又一次在国歌声里兴奋而又自豪地呐喊:

我是中国人!

是的,请听听我们的国歌吧。

请听听这危难中血的誓词,

请听听这战火中万众一心的宣言,

请听听这沉默中惊天动地的雷鸣!

我们的民族,就是在这悲壮的歌声中惊醒、搏斗、崛起、新生的!

我们的人民共和国还要在这悲壮的歌声中走向美好的未来。

如果你忘记了自己是一个中国人,如果你忘记了做一个中国人的责任,如果你不为自己是中国人而骄傲——

请听听我们的国歌吧!

心灵是一棵会开花的树

我说人的心灵是一棵树,你是不是觉得奇怪?

真的,心灵是一棵树,从你走进这个世界,从你走进茫茫人海,从你睁开蒙昧的眼睛那一刻开始,这棵树就已经悄悄地发芽、生根,悄悄地长出绿叶,伸展开枝丫,在你的心里形成一片只属于你自己的绿荫。难道你不相信?

你不知道,其实你已经无数次看见这样的花在你身边开放。

当你在万籁俱寂的夜间突然听到一曲为你而响起的美妙音乐……

当你在冰天雪地的世界中遇到一间为你而开门的小屋,屋里正燃烧着熊熊的炉火……

当你在十字路口彷徨徘徊、举棋不定,有人微笑着走过来给你善意的指引……

当你的身体因寒冷和孤寂而颤抖，有一双陌生而温暖的手轻轻地向你伸来……

当你发现有一双美丽的眼睛用清澈的目光默默凝视你……

我无法一一列举各种各样的"当你"，当你欢乐，当你迷茫，当你为世界的壮阔和奇丽发出惊奇的赞叹，当你被人间的真情和温馨深深地感动，当你面对世间残存的丑恶、冷漠和残暴忍不住愤怒呼喊……

当你的灵魂和感情受到震撼，受到感动，不管这种震撼和感动如闪电雷鸣般强烈，还是像微风一样轻轻从你心头掠过……

每逢这样的时刻，便是你观赏到心灵之花向你怒放的时刻。每当这样的时刻，你的心灵之树也在悄悄发芽，在长叶，在向辽阔的空间伸展自由的枝干。没有一个画家能用画笔描绘出这样的景象，没有一个诗人能用诗句表达这样的过程，这是一种无声无形的过程，但是它所引起的变化，却悠悠长长，绵延不尽，改变着你生命的历史，丰富着你人生的色调。

相信么，你的心灵一定会开一次花，一定的。也许是粲然的一大片，也许只是孤零零的一朵；也许是举世无双的美丽奇葩，也许只是一朵毫不起眼的小花……你的心灵之花也许开得很长,常开不败;也许只是昙花一现,稍纵即逝的鲜艳……

谁也无法预报心灵之花开放的时辰,更无法向你描述它们怒放时的奇妙景象,但我可以告诉你,这样的花,每时每刻都在人间开放。当有人在向世界奉献爱心,这样的时刻,就是花开的时刻。

愿你的心灵悄悄地开花。

愿我们的世界是一个心花怒放的世界。

学　步

儿子，你居然会走路了！

我和你母亲永远不会忘记这一天。在这之前，你还整日躺在摇篮里，只会挥舞小手，将明亮的大眼睛转来转去，有时偶尔能扶着床沿站立起来，但时间很短，你的腿脚还没有劲，无法支撑你小小的身躯。这天你被几把椅子包围着，坐在沙发前摆弄积木，我们到厨房里拿东西，你母亲偶尔一回头，突然惊喜地大叫："哎呀，小凡走路了！"我随声回顾，也大吃一惊：你竟然推开包围着你的任何东西，自己走到门口！我们看到你时，你正站在房门口，脸上是又兴奋又紧张的表情。看见我们注意你时，你咧开嘴笑了。你似乎也为自己能走路而惊奇呢。

从沙发到房门口不过四五步路，这几步路对你可是意义不凡，是你人生旅途上最初的独立行走的路。我们都没有看见你如何摇摇晃晃走过来，但你的的确确是靠自己走过来了。当你母亲冲过去一把将你抱起来时，你却挣扎着拼命要下地。你已经尝到了走路的滋味，这滋味此刻胜过你世界里已知的一切，靠自己两条腿走路，就能找到爸爸妈妈，就能到达你想要到达的地方，那是多么奇妙多么美好的事情！

你的生活从此开始有了全新的内容和意义。只要有机会，你就要甩开我的手摇摇晃晃走你的路。你在床上走，在屋里走，在马路上走，在草地上走；你走着去寻找玩具，走着去阳台上欣赏街景，走着去追赶比你大的孩子们……

儿子，你从来不会想到，在你学步的路上，处处潜伏着危险呢。在屋里，桌角、椅背、床架、门，都可能成为凶器将你碰痛。当你跟跟跄跄在房里东寻西探时，不是碰到桌角上，就是碰翻椅子砸痛脚，真是防不胜防。已经数不清你多少次摔倒，数不清你头上曾被撞出多少个乌青和肿块，每次你都哭叫两声，然后脸上挂着泪珠爬起来继续走你的路。摔跤摔不冷你渴望学步的热情。在室外，你更是跃跃欲试，两条小腿像一对小鼓槌，毫无节奏地擂着各样的地面。你似乎对平坦的路不感兴趣，哪里高低不平，哪里杂草丛生，哪里有水洼泥泞，你就爱往哪里走。只要不摔倒，你总是乐此不疲。这是不是人类的天性？在你未来的人生旅途上，必然会遇到无数曲折和坎坷，儿子呀，但愿你不要失去刚学步时的那份勇气。

　　你开始摔倒在地的时候，总是趴在地上瞪大眼睛望我们，你觉得有点委屈，但很快习惯了，并且学会了一骨碌爬起来，再不把摔跤当回事。那次你沿着路边的一个花坛奔跑，脚下被一块大石头绊了一下。我们在你身后眼看着你一头撞到花坛边的铁栏杆上，心如刀绞，却无法救你——铁栏杆犹如一柄柄出鞘的剑指着天空！你趴在地上，沉默了片刻，才放声哭起来。我奔过去把你抱在怀中，不忍看你的伤口，我担心你的眼睛！好险哪！铁栏杆撞在你的额头正中，戳出一道又长又深的口子，血沿着你的脸颊往下流……

　　你的额头留下了难以消退的疤痕，这是你学步的代价和纪念。

　　儿子，你的旅途还只是刚刚开始，你前面的路还很长很长，有些地方也许还没有路，有些地方虽有路却未必能通向远方。生命的过程，大概就是学步和寻路的过程，儿子啊，你要勇敢地走，脚踏实地地走。

青 春

世界上，还有什么字眼比"青春"这两个字更动人，更富有魅力？

青春是早晨的太阳，她容光焕发，灿烂耀眼，所有的阴郁和灰暗都遭到她的驱逐。

青春是江河里奔涌的激浪。天地间回荡着她澎湃的激情。谁也无法阻挡她寻找大海的脚步。

青春是一只高飞在天的鸟。她美丽的翅膀像彩色的旗帜，召唤着理想，憧憬着未来。

青春是一棵树叶葳蕤的树。她用绿色光芒感染着所有生灵，使春天的景象常留在人间。

青春是一支余韵不绝的歌。她把浪漫的情怀和严峻的现实交织在一起，拨动每一个人的心弦。

青春是蓬蓬勃勃的生机，是不会泯灭的希望，是一往无前的勇敢，是生命中最辉煌的色彩……

当我写着上面这些文字的时候，我觉得自己的心跳在加快。无数年轻时代的往事浮现在记忆的屏幕上。

是的，青春总是和年轻连在一起。年轻人可以骄傲地大声宣布：青春属于我们。一个人，从出生，经历过婴儿、童年、少年、青年和中年，最后进入老年，这是铁定的自然规律。没有任何力量能改变这样的规律。在人的生命中，青年只是其中一个阶段。青春，难道只属于这个阶段？当发现自己鬓发染霜，肢体再不像从前那样灵活，眼睛也不像从前那样锐利明亮时，青年时代便已经成为过去。这时，青春是不是也已经是黄鹤一去不回，只留下和青春有关的回忆，安慰日渐衰老的心？

然而青春并不仅仅是一种物质，她更是一种精神：在青年人的生活中，我感受着青春的活力；在很多中年人和老人的思想中，我也感受到青春的魅力。八年前，我去看望冰心先生，我和她谈了一个多小时。谈文学，谈人生，也议论社会问题，展望未来的中国。和她谈话，使我忘记了她是一位九十岁的老人，因为，她的感情真挚、思想犀利，她的精神状态中没有一点陈腐和老朽。从冰心的家里回来，我曾写过这样的诗句："只要心灵不老，只要思想年轻，青春就不会离你远去！"

人生是一本书[1]

人生是什么?

有人说,人生是一场赛跑,人人都在追赶着自己的目标,一辈子步履匆忙,气喘吁吁,却永远也无法抵达你心中的终点。

有人说,人生是一次旅游,你降临到这个广阔丰繁的世界,一生一世就在天地之间游历。有的人云游四海,浪迹五湖,熟视人间百态,阅尽世事沧桑,有的人却如井底之蛙,穷尽一生,只看见头顶一方狭窄的天空。

有人说,人生是一次赌博,所有的幸福和成就,所有的悲剧和失落,都是赌博的结果。

---

[1] 此文为赵丽宏散文集《人生是一本书》的自序。

有人说，人生是一场梦，你身上和你周围发生的一切，喜怒哀乐，荣辱沉浮，都不过是梦境，一切都是虚幻，一切都转瞬即逝。

也有人说，人生是一本书，这本书的作者，就是你本人。

人生是一本书。我欣赏这种说法。

那么，人生是一本怎么样的书呢？有的人一生坎坷，历尽磨难，但他的人生之书却引人入胜，使人百读不厌。有的人飞黄腾达，青云有路，然而他的人生之书却字迹歪斜，不堪卒读。有的人一生平平淡淡，没有跌宕起伏，没有惊涛骇浪，然而他的人生之书却丰富细腻，犹如曲径通幽的花园。有的人一生叱咤风云，指点江山，在生活的舞台上演出了一出又一出万人瞩目的悲喜剧，他们的人生之书却常常含混不清，使读者不得要旨……

每一个人的人生之书都是不一样的，世界上有多少人，就有多少本不同的人生之书，决不会有一本重复。这本书，你天天在写，你周围的人天天在读。只要生命在延续，这本书就要一页一页由你自己往下写，一页一页被世人往下读。

时光不可能倒流，人间也没有后悔药。经历过的事情，无法重复，更无法再来一次。你的人生之书既然已经打开，既然已经翻过去很多页，那么，且不要管翻过去的那些内容，注重即将翻开的新的页码吧。

我想，一个人，如果曾经认真地生活过，追寻过，思索过，真心诚意地爱过，奋不顾身地拼搏过，那么，不管你的地位如何，不管你的境遇如何，不管你是一贫如洗还是万贯缠身，你的人生之书都不会苍白虚浮。

我把这本书题名为《人生是一本书》，并非是说这本书就是我的人生之书。收在这本书里的文字，展示了我生活经历中的一些值得回忆的瞬间，也展示了我在这些瞬间和事后的思索。这决不是自传，只是我的人生片段。

为你打开一扇门

　　世界上有无数关闭着的门。每一扇门里,都有一个你不了解的世界。求知和阅世的过程,就是打开这些门的过程。打开这些门,走进去,浏览新鲜的景物,探求未知的天地,这是一件激动人心的事情,也是一个乐趣无穷的过程。一个不想开门探寻的人,必定会是一个在精神上贫困衰弱的人,他只能在这些关闭的门外无聊地徘徊。当别人为自然和人世间奇妙的景象惊奇迷醉时,他却在沉睡。

　　世界上没有打不开的门。只要你愿意花时间,花工夫,只要你对门里的世界有着探索和了解的愿望,这些门一定会在你面前洞开,为你展现新奇美妙的风景。

　　在这些关闭着的门中,有一扇非常重要的大门,这扇门上写着两个字:文学。

文学是人类感情的最丰富最生动的表达，是人类历史的最形象的诠释。一个民族的文学，是这个民族的历史。一个时代的优秀文学作品，是这个时代的缩影，是这个时代的心声，是这个时代千姿百态的社会风俗画和人文风景线，是这个时代的精神和情感的结晶。优秀的文学作品中，传达着人类的憧憬和理想，凝集着人类美好的感情和灿烂的智慧。阅读优秀的文学作品，对了解历史、了解社会、了解自然、了解人生的意义，是一件大有裨益的事情。文学作品对人的影响，是潜移默化的。阅读文学作品，是一种文化的积累，是一种知识的积累，也是一种感情和智慧的积累。大量地阅读优秀的文学作品，不仅能增长人的知识，也能丰富人的感情。作为一个有文化有修养的现代文明人，如果对文学一无所知，那是不可想象的。有人说，一个从不阅读文学作品的人，纵然他有着硕士、博士或者更高的学位，他也只能是一个"高智商的野蛮人"。这并不是危言耸听。亲近文学，阅读优秀的文学作品，是一个文明人增长知识、提高修养、丰富情感的极为重要的途径。这已经成为很多人的共识。

我曾经写过一段文字，题目是《致文学》。这段文字，是我和文学的对话，表达了我对文学的一些想法。让我把这段文字引在这里，愿它们能引起青少年读者对文学的兴趣。

致文学

你是广袤的大地,是辽阔的天空;你是崇山峻岭,是江海湖泊。你用彩色的文字,描绘出世界上可能存在的一切美妙景象。不管是壮阔雄奇的,还是精微细致的;不管是缤纷热烈的,还是深沉肃穆的,你都能有声有色地展现。你使很多足不出户的人在油墨的清香中游历了五光十色的境界。

你告诉人们,人生的色彩是何等丰富,人生的旅途又是何等曲折漫长。你把生活的帷幕一幕一幕地拉开,让无数不同的角色在人生的舞台上演出激动人心的喜剧和悲剧。你可以呼唤出千百年前的古人,请他们深情地讲述历史;也可以请出你最熟悉的同代人,叙述人人都可能经历的日常生活。你吐露的喜怒哀乐,使人开怀大笑,也使人热泪沾襟……

你是遥远的过去,是刚刚过去的昨天,也是无穷无尽的未来。你把时间凝聚在薄薄的书页之中,让读者无拘无束地漫游在岁月的长河里,尽情地观赏两岸变化无穷的风光。你是现实的回声,是梦想的折光,是平凡的客观天地和斑斓的理想世界奇异的交汇。

有时候,你展现漫长的历史;有时候,你只是描绘一个难忘的瞬间。如果你真实、真诚,如果你是真实人生的写照,是跌宕命运的画像,那么,人们在你面前发出情不自禁的感叹是多么自然的事情。你是一双神奇的大手，拨动着无数人的心弦。你在人心中激起的回响，是这个世界上最激动的声音。人心是无边无际的海洋，这个海洋发出的声响，悠远而深沉，任何声音都无法模拟，无法遮掩。

你是一个真诚而忠实的朋友。你只是为热爱你的人们默默奉献，把他们引入辽阔美好的世界，让他们看到世界上最奇丽的风景，让他们懂得人生的真谛。只要愿意和你交朋友，你就会毫无保留地把心交给他们。你永远不会背叛热爱你的朋友，除非他们弃你而去。

你是一扇神奇的大门，所有愿意走进这扇大门的人，都不会空手而归。而对那些把你当作追名逐利的敲门砖的人，你会把门关得很紧。

假如你想做一株腊梅

果然，你喜欢那几株腊梅了，我的来自南方的朋友。

你的歆羡的目光久久停留在我的书桌上，停留在那几株刚刚开始吐苞的腊梅上。你在惊异：那些看上去瘦削干枯的枝头，何以竟结满密匝匝的花骨朵儿？那些看上去透明的、娇弱无力的淡黄色小花，何以竟吐出如此高雅的清香？那清香不是静止的，它无声无息地在飞，在飘，在流动，像是有一位神奇的诗人，正幽幽地吟哦着一首无形无韵然而无比优美的诗。腊梅的清香弥漫在屋子里，使我小小的天地充满了春的气息，尽管窗外还是寒风呼啸、滴水成冰。我们都深深地陶醉在腊梅的风韵和幽香之中。你久久凝视着腊梅，突然扑哧一声笑起来。

"假如下一辈子要变成一种植物的话，我想做一株腊梅。你呢?"

你说着笑着就走了,却让我一阵好想。假如,你真的变成一株腊梅,那会怎么样呢?我默默地凝视着书桌上那几株腊梅,它们仿佛也在默默地看我。如果那流动的清香是它们的语言的话,那它们也许是在回答我了。

好,让我试着来翻译它们的语言,你听着——

假如你想做一株腊梅,假如你乐意成为我们当中的一员,那么你必须坚忍,必须顽强,必须敢于用赤裸裸的躯体去抗衡暴风雪。你能吗?

当北风在空旷寂寥的大地上呼啸肆虐,冰雪冷酷无情地封冻了一切扎根于泥土的植物的时候,当无数生命用消极的冬眠躲避严寒的时候,你却应该清醒着,应该毫无畏惧地伸展出光秃秃的枝干,并且要把毕生的心血都凝聚在这些光秃秃的枝干上,凝结成无数个小小的蓓蕾,一任寒风把它们摇撼,一任严霜把它们包裹,一任飞雪把它们覆盖……没有一星半瓣绿叶为你遮挡风寒!你能忍受这种煎熬吗?

假如你想做一株腊梅,你必须具备牺牲精神,必须毫无怨言地奉献出你的心血和生命的结晶。你能吗?

当你历尽千辛万苦,终于迎着风雪开放出你的小小的花朵,你一定无比珍惜这些美丽的生命之花。然而灾祸常常因此而来。为了在万物肃杀时你的一枝独秀的花朵,为了你的预报春天信息的清香,人们的刀斧和钢剪将会无情地落到你的身上,你能承受这种牺牲吗?也许,当你带着刀剪的创痕进入人类的厅堂,在一只雪白的瓷瓶或者一只透明的玻璃瓶里默默完成你生命的最后乐章时,你会生出无穷的哀怨,尽管有许多人微笑着欣赏你,发出一声又一声由衷的赞叹。如果人们告诉你,奉献和给予是一种莫大的幸福,你是否赞同?

假如你想做一株腊梅,你必须忍受寂寞,必须习惯于长久地被人们淡忘冷落。你能吗?

请记住,在你的一生中,只有结蕾开花的那些日子你才被世界注目。即便是花儿盛开之时,你也是孤零零的,没有别的什么花卉愿意和你一起开放,甚至没有一簇绿叶陪伴你。当冰雪消融,当温暖的春风吹绿了世界,当万紫千红的花朵被水灵灵的绿叶扶衬着竞相开放,你的花儿早已谢落殆尽。这时候,人们便忘记了你,春之圆舞曲是不会为你奏响的。

我把做一株腊梅的幸与不幸、欢乐与痛苦都告诉你了。现在,请你告诉我,你,还想不想做一株腊梅。

哦,我的南方的朋友,我把腊梅向我透露的一切,都写在这里了。当你在和煦的暖风里读着它们,不知道你还会不会以留恋的心情,想起我书桌上那几株腊梅。此刻,北风正在敲打着我的窗户,而我的那几株腊梅,依然在那里默默地绽蕾,默默地吐着清幽的芬芳……

诗 歌

路是那么漫长
路是那么泥泞
以我微弱的光
为后来者辟一段平安之径
孤独中自有淡淡的欢欣

祖国啊……

我是一只小鸟
飞翔在你浩茫的天廓
你时而阴时而雨
阳光,却从不会消失
我是一尾小鱼
穿梭在你连天的碧波
你时而平静时而翻腾
最终,却总还我清澈
祖国啊……

这是一个多么动人的字眼
亲切如慈母的微笑
缠绵如恋人的诉说
你是我春天葱茏的绿荫
你是我秋天金黄的收获
你是夏天清凉的微风
你是冬天温暖的篝火
祖国啊……

想起你

我的心弦就忍不住颤动

歌在弦上流淌

淌成汨汨江河

想起你

我的情怀便无法静止

思绪羽化成轻云

飞上高天

飘向大地

俯瞰辽阔的山河

祖国啊……

你是我童年的梦幻

是飘忽的油灯下

老祖母神奇迷离的故事

是生离死别的码头上

父亲含泪的叮嘱

你是故乡的泥土

那么浑厚那么朴素

你是祖先镌刻的碑林

凝结智慧也凝结血泪

你是三峡绝壁的栈道
中断而又开凿
你是黄河岸边的堤坝
倒塌而又垒筑
你是远航的风帆
从古至今
高扬不落
穿越过千滩万壑
祖国啊……

你不只是一幅
形似雄鸡的地图
更不是几句口号的组合
你是历史
你是现实
你是延续了一代又一代的
希望和寄托
在出土的青铜和陶瓷里
有你斑驳丰繁的回忆
在崛起的高楼巨厦中
有你神采飞扬的风格
你的叹息是那样深沉悠长

你的召唤是那样不可抗拒
祖国啊……

我曾为你悲哀
也曾为你骄傲
我曾为你痛苦
也曾为你欢乐
在你博大坦荡的胸怀里
我认识了人生认识了生活
也认识了善良认识了丑恶
你是一颗种子
在我心中发芽抽叶
长成一棵绿荫婆娑的大树
你永不会枯萎
永不会倒伏
因为你的根
已经深扎进我的灵魂
融入我的血液我的骨骼
祖国啊……

迷茫的时候
我一遍一遍呼喊着你

你是旭日驱散迷雾
把阳光洒到
被荒草覆盖的道路
你无声的指点
引我向前探索
走向未来没有通衢大道
只有开拓才有生路
祖国啊……

忧伤的时候
我一遍一遍呼喊着你
你是海潮荡涤污浊
把澎湃的激情
注满我的肺腑
你教我爱，教我真
哪怕面对绞索
也不能把赤诚的良心
拱手交出
活一天
就要全心全意爱你一天
直到我化成飞灰尘土
祖国啊……

火 光
——冬夜断想

假如,坐上一只小小的舢板,
没有船桨,也没有篷帆,
没有舵把,也没有指南,
头上,是呼啸横行的风暴,
身边,是劈头盖脸的浪山。
只有海鸥凄厉的呼号,
在灰暗的天空里时续时断……
只有鲨鱼惨白的牙齿,
在起伏的波浪间一闪一闪……
你说,你说,我该怎么办?

是绝望地闭上眼睛,
幻想浪潮把我冲上沙滩?
是虔诚地大声祈祷,
乞求信风把我吹进港湾?
不,我不愿用这愚蠢的天真,

接受命运严峻的挑战。
死神,已经无情地站在我的面前!
然而,面对这样的绝境,
即便是猛士也只能望洋兴叹……
你说,你说,我该怎么办?
哦,我要燃起熊熊的火,
在那迷惘而昏暗的夜间,
没有木柴,可以拆下舷板,
哪怕,让整个小船化成一团烈焰。
倘若这世上还有清醒的眼睛,
就一定能发现我心中的呼唤。
烈火的煎熬,当然是万分苦痛,
希望的光亮,却能滋润心田。
或者,让火光成为我生还的信号,
或者,让火光成为我葬礼的花环……

路　灯

有时候
仿佛变成了一盏路灯
悬挂在寂寥的空间
期待着夜中行人

路是那么漫长
路是那么泥泞
以我微弱的光
为后来者辟一段平安之径
孤独中自有淡淡的欢欣

谁也不会注意我
去了又来
只有匆匆而过的足音
来了又去
只有——消逝的背影
连影子也背着我

仿佛在嘲笑
这一点可怜的光明

假如变成路灯
我不会因此悔恨
不断的足音
远去的背影
延续着，延续着
我的遥远的憧憬

让生命熄灭在一条活路上
我决不悔恨

跋涉者的沉思

我是一个跋涉者,常常迷失在风雨途中,
这个世界真大啊!
蹚不完的江河,攀不尽的山峰……
还有多少炊烟未起的亘古荒原?
还有多少人迹罕至的原始森林?
我抬头远望,依然是一片雨、一片风,
一片隐匿在云里雾里的朦胧……
走!走!我头也不回地向前走,
云雾里,终于又露出俊逸的青峰!

假如我是一股柔弱的小溪,
我应该能听见千万里外的江海涛声;
假如我是一滴轻盈的雨珠,
我早晚要扑进大地母亲的怀中;
假如我是一只欢乐的云雀,
我当然要飞向透明澄澈的天空,
假如我是一缕寒夜的幽光,

我一定会迎来辉煌壮丽的黎明;
假如我是一根晶莹的冰凌,
我终究将化作叮冬作响的泉涌……
我是一个跋涉者,我的向往遥远而又纯真,
在沙漠里,我看见过绿洲的幻影,
我曾经狂喜地扑向前去,
却仍然是一片荒凉的寂寞和虚空……
在大洋中,我遇到过迷人的海市蜃楼,
我曾经欢乐得喊哑了嗓门,
却依旧是单调的波浪迎送……
呵,失望,我尝过它苦涩的滋味,
尝得多了,竟也品味出甜在其中——
它为心灵带来了流血的创痛,
却也带来了难以熄灭的憧憬的火种。

火种啊,憧憬的火种,
在我心的视野里烧得通红通红。
它使我的目光穿透过雾嶂绝壁,
看见了彩色的希望在远方闪动……
它使我的胸中鼓满了春天的信风,
理想的白帆,翩翩然振翅高冲……
啊,心儿,永远憬憬着未来,

未来哟,那里有我的大地和海洋,
未来哟,那里有我的绿洲和琼楼,
未来哟,那里有我的黎明和晴空!

友　谊

有时你很淡
淡如透明的流水
从污浊中缓缓淌过
使你我看见
世界上
还有水晶般洁净的心地
哦，哪怕你凝缩成
一次紧紧的握手
一声轻轻的"保重"
一首短短的小诗
甚至只是含义深长的一瞥……

有时你真像
寒风里萧瑟的芦苇
叶枯根焦
茕茕孑立
几乎失却生命的颜色

然而在泥土下
有冻不死的芦苇
有割不断的根须
真的,即便在
最寒冷的夜里
我也能感觉到
你的温暖深沉的注视……

有过普希金铜像的花园

秋风中一切如故
青枝摇曳
新绿出土
少女乌黑的秀发飞扬
孩童鲜亮的领巾闪烁
剑麻依然在地面
冷峻地列阵
棕榈依然在空中
多情地曼舞
只是没有了你的微笑
没有了你深情的注目
没有了你
内涵纷繁的沉默
……

童音在花丛里飘忽
白发老人拐杖得得

心儿寻寻觅觅

在你站过的所在停落

母亲对儿子说

这里有一个诗人来过

恋人们悄声吟哦

——在黑暗中

你的眼睛在我面前亮着

……

不该消失的

消失了也粲然夺目

不该沉默的

沉默时也叩人心窝

从远方

飞来一只不知名的鸟

躲在浓荫里幽幽地唱歌

……

海上断想（诗三首）

礁

在浪花飞溅的海滩上，
礁石顽强地挺立着——
风刀，削不平它的棱角，
浪剑，砍不秃它的轮廓，
它可以有片刻的淹没，
却不会有一丝的屈服！
永远峥嵘峻峭，
永远刚毅沉着……
啊，多么倔强，多么坚韧，
多么不屈不挠的性格！

桅　杆

在大海和云层之间，
冒出一根黄色的桅杆，

那么细,那么短,如同火柴一般。
我却从中看到了生命,看到了航船,
看到了和风浪搏斗的亲密同伴……
哦,一根小小的桅杆,
也能驱除寂寞,燃起生活的信念!

飞 鱼

飞鱼蹿上甲板,
晒成了蜷曲的鱼干。
曾经是那么活泼的小生命,
现在竟如此难看和可怜……
哦,不热爱自己生命的土壤,
下场才落得这样悲惨!

黄河故道遐想

曾经是汹涌黄水的河床吗?
为什么听不见潮声轰响,
看不到浊浪排空的景象?
一片野苇,几星蒿草,
沐浴着萧瑟秋风,
述说寂寞和荒凉……

问遍地狼藉的乱石吧,
当年的黄河是如何在这里流浪,
像一个勇猛而又天真的莽汉,
曾经欢乐地呼啸着横冲直撞,
以为每一道峡谷都能通向大海,
以为每一片平原都能铺向远方……
却不料在一马平川迷失了方向,
年轻的黄河啊,
你是如何在这里彷徨,
如何踯躅着倾吐心中的惆怅,

如何呜咽着呼唤遥远的海洋？

黄河早已从别处流入海洋，
为世人描绘出一个
百折不回的英雄形象。
年轻时的故事，
他一定不会遗忘。
你看这从高山带来的遍地岩石，
你看这曲曲弯弯的干涸的河床，
是一行惊心动魄的脚印啊，
留在他探索拼搏的征途上……

站在这片土地上沉思，
我听见了黄河古老的歌唱，
我听见他顽强执着的脚步
依然在前方回响。

冬 青

当大雪纷纷扬扬
我才发现
你的深沉执着的热情
给肃杀的季节以一星绿
给苍白的大地以生命之火
给萧瑟的心灵以春的憧憬

在花红柳绿的时分
我为什么看不见你呢
缤纷的色彩
迷眩了我的眼睛
浓艳的芳馨
熏醉了我的灵魂

是的,我不再羡慕花
不再期望蜂蝶绕萦
既然不是所有的生命

都能始终高举不褪色的旗帜
我当然敬仰你了
我愿意脱落所有的浮华
成为你家族中的一员
成为一棵普普通通的
冬青

沉 默

大山
每一块岩石
都可以演讲一段惊心动魄的历史:
许是地壳的迁动
许是岩浆的喷发
许是从深邃的海底奋然崛起
许是从苍茫的星空倏然降落
然而大山沉默

原野
每一寸土壤
都可以叙述一段七彩缤纷的往事:
有江海最后一次退去的潮汐
有人类最初燃起的篝火
有阳光和风雨永无休止的交替轮值
有春天和秋天永远新鲜的播种收获
然而原野沉默

太阳
每一道光芒
都可以唱出一段辉煌的歌声:
当黑暗消隐时那些欢乐的呼喊
当种子萌芽时那些惊喜的爆裂
当崇拜自然和崇拜神的人们仰望苍天
倾吐出热烈而荒诞的颂歌
然而太阳沉默

面对这些默默无声的朋友
我突然产生一种向往
向往变成一棵顽强的草
或者变成一棵年轻的树
让喜欢喧嚣的喧嚣去吧
我只是默默地
默默地用根去钻探岩缝、荒漠
默默地用叶去拥抱阳光、风雨……

有一天
我将能平静地说
我的沉默

是大山的沉默
我的沉默
是原野的沉默
我的沉默
是阳光的沉默

疼　痛

无须利刃割戳
不用棍棒击打
那些疼痛的瞬间
如闪电划过夜空
尖利的刺激直锥心肺
却看不见一滴血
甚至找不到半丝微痕
说不清何处受伤
却痛彻每一寸肌肤
从裸露的脸面
一直到隐蔽的脏腑
…………

有时一阵清风掠过
也会刺痛骨髓
有时被一双眼睛凝视
也会如焊火灼烤

有时轻轻一声追问
也会像芒刺在背
…………

我时常被疼痛袭扰
却并不因此恐惧
生者如此脆弱
可悲的是生命的麻木
如果消失了疼痛的感觉
那还不如一段枯枝
一块冰冻的岩石

即便是一棵芒草
被狂风折断也会流泪
即便是一枝芦苇
被暴雨蹂躏也会呻吟

一道光

在一间没有门窗的屋子里
漏进来一道光
劈开黑暗
亮在墨色的虚无中

你好啊,光
你的晶莹
使无形的空气有了质量
你垂直在黑暗中
成了一根耀眼剔透的柱子
像是燃烧的水晶
又像是寒冷的冰
你通向自由吗
通向可以展开翅膀的天空吗

你晶莹地沉默着
仿佛在用你的光诱问

为什么不来试试
抓住我，攀登我
沿着我逃离黑暗
自由和囚禁
只隔着一层薄薄的铁皮

我伸出手去
在虚无的光柱中
发现自己失血的手掌
竟然被照得通红
残存的血液
流在红色的透明中
和光柱融为一体

那一道无法抓住的冷光
顿时变得温暖
如电流传遍我的身心
你好啊，光
请引领我穿越封闭的屋顶
去拥抱外面的世界

我闭上眼睛

托举着那一道虚无的光
黑暗竟哗啦啦溃散
那溃散的声音
化成万道亮光
仿佛汇合了全宇宙的闪电
从四面八方射过来
穿越黑暗的喧哗
静默,却辉煌而耀眼

静默中
我也变成了一道光

编辑附记

"壹本"系列以"一本书了解一位名家"为宗旨,从当下读者爱读、想读和需要读的角度进行编选,打破文体的界限,精选现当代文学名家经典之作,版本精良。

本书精选著名作家赵丽宏的散文和诗歌代表作。为了方便读者阅读,同时兼顾原作风貌,在编辑过程中,适当修改了明显的排印错误和个别容易造成理解混乱的字词及标点符号。对于体现作家鲜明创作个性的字词和反映当时行文习惯的标点符号予以保留。

图书在版编目(CIP)数据

心灵是一棵会开花的树:赵丽宏精读/赵丽宏著.—杭州:浙江文艺出版社,2022.7
ISBN 978-7-5339-6447-4

Ⅰ.①心… Ⅱ.①赵… Ⅲ.①散文集—中国—当代②诗集—中国—当代 Ⅳ.①I217.2

中国版本图书馆CIP数据核字(2021)第041378号

策划统筹	王晓乐
责任编辑	张 雯 陈 潇 谢园园
责任印制	张丽敏
版式设计	吕翡翠
封面设计	介 桑
营销编辑	张恩惠
数字编辑	姜梦冉 诸婧琦

心灵是一棵会开花的树——赵丽宏精读

赵丽宏 著

出版发行	浙江文艺出版社
地　址	杭州市体育场路347号
邮　编	310006
电　话	0571-85176953(总编办)
	0571-85152727(市场部)
制　版	杭州天一图文制作有限公司
印　刷	浙江海虹彩色印务有限公司
开　本	880毫米×1230毫米 1/32
字　数	136千字
印　张	7.125
插　页	2
版　次	2022年7月第1版
印　次	2022年7月第1次印刷
书　号	ISBN 978-7-5339-6447-4
定　价	39.80元

版权所有　侵权必究